박신 장편소설
FUSION F

기적의
환생
MIRACLE LIFE

10

청어람
도서출판

기적의 환생

MIRACLE LIFE

CONTENTS

제44장 그를 부르다, 전설의 그릇II   007

제45장 판이 깔리다   035

제46장 돌아온 전설   129

제47장 전설 대 영웅   207

제44장
그를 부르다, 전설의 그를II

서지영은 공항에서 멀찍이 떨어져 최강철이 떠나는 장면을
지켜봤다.

몰려든 기자들과 방송국 사람들, 그리고 그의 열혈 팬들까
지.

공항은 그를 보러온 사람들로 인산인해를 이루고 있었다.

언제나 그랬지만 이번에는 훨씬 더했다.

그는 자신의 남자이기도 했지만 만인의 우상이었다.

"안녕, 잘 가요……."

공항에 들어선 순간 슬픈 인사만 남기고 그를 보내주었다.

대학에 들어간 후 지금까지 그와 보낸 시간은 그리 많지 않았다.

머나먼 한국에서 공부를 했고 미국으로 건너와도 훈련을 하느라 만날 기회가 많지 않았다.

보고 싶었으나 이를 악물고 참았다.

여자로서 남자가 가는 길에 방해가 되면 안 된다는 마음으로.

그러나 그가 떠나면 언제나 슬픔이 몰려왔고 이렇게 그를 보내고 돌아설 때면 언제나 눈물이 하염없이 흘러나왔다.

그를 사랑한다, 내 목숨보다 더.

그를 떠나보내고 돌아올 때면 그를 처음 만났던 때가 생각난다.

벌써 8년이란 시간이 지났음에도 그때 그 순간을 생생하게 잊을 수 없다.

그를 만난 것은 운명이었을 것이다.

미국이란 넓은 땅에서, 그것도 한국인이 거의 없는 펜실베이니아에서 그를 만났고 사랑에 빠졌다.

신비로운 남자.

천재라고 소문난 그녀를 바보로 만들 만큼 놀라운 식견을 가졌고, 그가 투자했던 기업과 주식은 이해하지 못할 정도의 급상승을 보이며 무서운 속도로 자산이 불어났다.

벌써 그의 자산은 전부 합하면 30억 달러가 훌쩍 넘는다.

그것도 추정치일 뿐 상세하게 합산한다면 얼마나 될지 알 수 없었다.

더 무서운 건 지금 이 순간도 그의 자산이 눈덩이처럼 불어나고 있다는 점이었다.

그녀는 뉴욕으로 향하는 비행기를 타고 창가를 바라보며 생각에 잠겼다.

이복 오빠들은 돈 때문에 그녀와 엄마를 머나먼 미국으로 내쫓으며 다시는 돌아오지 말란 협박을 했다.

피눈물을 흘리며 쫓겨 왔다.

그녀가 경영학을 공부한 것은 돈을 벌어 이복 오빠들에게 복수하고 싶다는 마음을 가졌기 때문이다.

그러나 시간이 흐르고 천문학적인 돈을 운용하면서 점점 그런 마음이 희석되기 시작했다.

돈이 전부는 아니다.

인생은 남을 미워하는 것만큼 자신의 불행이 커진다고 했다.

나의 진정한 행복은 무엇일까.

지금 간절히 그녀가 원하고 있는 것은 그와 함께 숨을 쉬고 그의 아이를 낳아 행복하게 살고 싶은 것뿐이었다.

그녀의 마음에서 돈에 대한 욕심이 부서지기 시작한 것은 최강철의 행동을 보고 난 후부터였다.

그는 천문학적인 자산을 지니고 있어도 언제나 검소했으며 불우한 사람들을 돕기 위해 최선을 다하는 삶을 살고 있었다.

벌써 그가 운영하고 있는 한국의 고아원이 22개나 된다.

그것도 미국에 있는 어떠한 시설보다 훌륭한 고아원을 지어 철저하게 관리했기 때문에 매년 엄청난 금액이 들어갔다.

그럼에도 그는 언제나 웃었다.

번 돈을 의미 있게 쓴다는 것도 행복의 하나란 말을 하면서.

도대체 그는 어떤 사람일까.

카지노에서 보여주었던 그의 행동.

친구를 위해 몸이 불편한데도 1시간 반이나 자리에 앉아 시간을 보내는 그의 모습을 보면서 웃고 있었지만 속으로는 가슴 벅찬 감동을 느꼈다.

한눈에 알 수 있었다.

그는 행동으로 간절하게 친구의 잘못을 만류하고 있었던 것이다.

두 사람의 우정, 그리고 최강철이 보여준 배려.

자신이었다면 도저히 생각할 수조차 없었던 일들이다.

오랜만에 엄마가 살고 있는 집으로 향했다.

외로움과 슬픔에서 조금이라도 벗어나기 위해 그녀는 최강철이 떠날 때면 언제나 집을 찾았다.

"우리 딸 왔네. 또 울었니?"

"그럼요. 울보 딸이 어디 가겠어?"

"에휴, 만나도 어디서 그런 사람을 만나 그 고생이니. 일단 들어와. 울었으니까 물 마셔. 수분을 보충해 놔야 이따 또 울지."

"오면서 다 울었어. 이젠 괜찮아요."

"거짓말하지 마. 이따가 침대에서 또 울 거잖아. 커피 줄까?"

"응."

수선을 떨었으나 엄마는 서지영의 눈치를 보면서 부지런히 움직여 두 잔의 커피를 타왔다.

그러고는 소파에 앉아 있는 딸에게 커피 잔을 넘겨주며 슬그머니 입을 열었다.

"오늘 갔어?"

"아까, 아침에. 시험 봐야 한대요. 그리고 한국 국민들이 빨리 들어오라고 성화가 대단한가 봐."

"그 사람이 한국에서 영웅이라고 불린다며?"

"엄청나다네요. 대통령보다 더 유명한 사람이에요."

"휴우······."

서지영의 대답에 엄마의 입에서 무거운 한숨 소리가 흘러나
왔다.

직감으로 딸의 미래가 순탄치 않을 거란 걱정 때문이었다.

여자의 행복은 돈과 명예에 있는 것이 아니라 남편의 사랑
과 가정의 화목에 있다는 것을 그녀는 너무나 잘 알고 있었
다.

하지만 그녀의 한숨에는 더 큰 이유가 있었다.

더 무서운 건 버림받는 것이었다. 바로 자신처럼…….

여자로서 남자의 배신으로 상처를 받는다는 건 평생을 가
슴에 대못을 박고 사는 것처럼 지독하게 고통스러운 일이다.

"지영아, 그 사람 이번에도 프러포즈하지 않니?"

"막내 누나가 먼저 결혼해야죠. 그리고 학교도 졸업해야 되
거든요."

"또, 그 소리. 넌 그 말을 진짜 믿는 거야?"

"엄마, 그 사람은 엄마가 생각하는 것보다 훨씬 성실하고 속
이 깊은 사람이에요."

"유명하다며, 그리고 돈도 많고 잘생겼잖아. 그런 남자한테
는 여자가 꼬이는 법이다. 네 나이가 벌써 내년이면 스물아홉
이야. 잘못하면 이것아, 노처녀로 늙어 죽어!"

"늦어도 2년 안에는 결혼할 수 있을 거야. 엄마, 너무 걱정
하지 마세요."

"그건 수도 없이 들은 소리다. 너도 생각해 봐. 결혼할 생각이 있는 사람이 지금까지 인사조차 오지 않았잖아. 엄마는 그 사람 텔레비전에서 겨우 봤어."

"그 사람 정말 바쁜 사람이에요. 그런데 엄마, 그 사람 보고 싶어?"

"그럼 안 보고 싶겠니? 그 집에서는 널 봤다며?"

"응."

"나는 이런 경우는 처음 본다."

"알았어요. 다음에는 꼭 데려올게요."

"진짜지?"

"정말요. 약속할게요."

미처 그 생각을 하지 못했다.

엄마보다 그 사람을 먼저 걱정했기 때문에 인사시켜야 한다는 생각을 하지 못했다.

그는 시합이 끝나면 휴식이 필요했고 그다음에는 회사 일을 챙기느라 정신없이 보냈기에 부담을 주고 싶지 않는데 엄마는 꽤나 야속했던 모양이다.

엄마의 서운한 표정을 보자 더 이상 미뤄서는 안 된다는 생각이 들었다.

그때 엄마의 표정이 굳어지며 그녀를 향해 불안한 시선이 다가왔다.

"지영아… 너한테 할 말이 있다."

"뭔데요?"

"어제 한국에서 네 오빠한테 전화가 왔다."

"그 사람이 왜 전화를 해요?"

"네가 경고를 어기고 한국에 여러 번 들어왔다며 불같이 화를 내더라."

"미친……."

"다음에 또 들어오면 가만두지 않겠다고 했어. 내가 일 때문에 잠깐 들어갔다 왔을 뿐이라고 얘기해도 막무가내야. 다시는 들어오지 말래."

"한국이 전부 자기 땅이야? 왜 날 들어오지 못하게 해. 내가 언제 지네 재산 달라고 했어? 그 사람 정말 너무해!"

*   *   *

최강철은 김포공항에 도착한 후 입을 떠억 벌렸다.

매번 수많은 사람이 환영을 나왔지만 이번에는 규모부터 달랐다.

공항 전체가 사람들 천지였다.

빈 공간이 보이지 않을 정도로 사람들이 꽉꽉 들어차 있었는데 최강철이 모습을 드러내자 우레와 같은 함성과 함께 그의 이름을 연호했다.

"최강철, 최강철, 최강철!"

장관이다.

거의 만 명에 달하는 인원이 공항 안팎에서 연호하는 모습은 경기장에 들어선 것 같은 착각을 불러일으켰다.

포토 라인에 서서 사진을 찍을 수 있도록 해준 후 복싱 협회에서 마련해 준 인터뷰장에서 기자들의 질문에 대답하는 시간을 가졌다.

이제 카퍼레이드만 끝나면 집으로 돌아갈 수 있을 것이다.

몇 경기 전부터 부모님과 가족들을 공항에 나오지 못하게 했다.

어차피 나와봤자 얼굴조차 제대로 볼 수 없으니 괜한 고생을 할 필요가 없었다.

웃긴 일이 벌어진 것은 인터뷰가 끝나고 공항 밖으로 나가려 할 때였다.

갑자기 세 방향에서 한 떼의 무리가 다가왔는데 수십 명의 경호원이 따라붙고 있었다.

그들 사이에서 걸어오는 사람들을 보며 자신도 모르게 쓴 웃음이 흘러나왔다.

세 명의 거물들.

수십 명에 둘러싸여 들어오고 있는 사람들은 여야의 대통령 후보들이었다.

어이가 없기도 했지만 그들의 얼굴을 보자 불쌍하다는 생각이 들었다.

황제가 되기 위해 이런 짓까지 하는 그들의 행동이 안쓰러웠다.

그건 아십니까.

이럴 시간이 있다면 더 많은 사람에게 당신들이 국가와 민족을 위해 어떤 일을 준비했는지 알려주는 게 더 중요하지 않을까요!

최강철은 자신을 향해 다가온 대통령 후보들과 차례대로 악수를 나누고 같이 사진을 찍었다.

이 장면을 원했을 테니 원하는 대로 해주었다.

후보들은 잠시 동안 덕담을 건넨 후 바람처럼 사라졌다.

그들 역시 이런 장소까지 온 것에 대해 자괴감이 들었을 것이다.

점점 수렁 속으로 빨려 들어가는 느낌이 들었으나 최강철은 돌아가는 그들의 뒷모습을 보면서 천천히 자신이 가야 할 길로 걸음을 옮겼다.

그들이 자신을 찾아 공항까지 왔다는 것은 그만큼 자신의 영향력이 커졌다는 것을 의미한다.

이제 한 달 후면 선거가 벌어진다.

선거에서의 승리는 국민들의 표에 의해 결정되는 것이고 자신은 그들에게 황금 알을 낳는 거위나 다름없는 존재가 분명했다.

한국으로 돌아와 한동안 정신없이 바쁘게 움직였다.

대통령의 초청으로 청와대에 다녀왔고, 유광호의 부탁으로 복싱 협회가 마련한 축하 행사에 참여했으며 가족 행사에 함께하고 인연을 만들었던 사람들과 시간을 가졌다.

그가 '제우스'를 찾은 것은 한국으로 돌아와 보름이 지났을 때였다.

수많은 인맥이 자신에게 손을 벌려왔다.

예상했던 것처럼 여야 구분할 것 없이 선거를 도와달라는 주문이었다.

"회장님, 오셨습니까!"

최강철이 들어서자 직원들을 급히 내보낸 김도환이 정중하게 허리를 숙였다.

"그동안 고생 많으셨죠?"

"고생은요. 회장님 시합 봤습니다. 정말 대단한 시합이었어요. 헌즈를 그렇게 두들겨 팬 사람은 회장님밖에 없었을 겁니다. 그 친구는 괜찮던가요. 대미지가 꽤나 컸을 텐데?"

"뭐, 제 주먹이 솜방망이라서 그런가, 금방 정신을 차리던데요."

"어이구, 그런 농담은 받아들이기 힘듭니다. KO율이 100%인 회장님이 그런 말을 하면 남들이 싫어해요. 어디 가서 그런 소리 하지 마십시오."

"하하, 그런가요?"

"앉으시죠. 연한 커피 가져오라고 하겠습니다."

최강철의 웃음에 김도환이 미소로 답하면서 인터폰을 눌렀다.

여전히 비서는 최강철과 눈을 마주치지 못한 채 온몸을 비틀면서 간신히 커피를 내려놨다.

최강철의 입이 열린 것은 여비서가 방을 나가고 난 후였다.

"사장님, 이제 선거가 보름 정도 남았는데 판세가 어떻게 돼 가고 있습니까?"

"여당이 이기는 것으로 분석되고 있습니다. 자체적인 여론 조사와 외국 유력 기관에서 흘러나온 정보, 그리고 제우스 팀의 분석 결과가 전부 여당 후보가 이기는 것으로 나왔습니다."

"그렇군요."

"요즘 회장님께 선거를 도와달라는 요청이 빗발치고 있다는 소릴 들었습니다. 어쩌실 생각이십니까?"

"사장님 생각은요?"

"저는 집권당 후보를 도와야 한다고 생각합니다. 그가 대통령이 되었을 때 우리의 활동 영역을 확보하기 위해서라도 회장님이 움직이는 게 좋을 것 같습니다. 더불어 저번 같은 일이 반복되지 않기 위해서라도 권력과 좋은 관계를 맺을 필요가 있어요."

김도환이 빤히 쳐다보면서 신중하게 대답을 하자 최강철이 슬그머니 손가락을 입에 물었다.

이 사람은 모른다.

역사의 수레바퀴는 끊임없이 흐르고 자신이 휘두른 칼이 부메랑이 되어 돌아온다는 사실을 말이다.

자신이 몸담고 있는 복싱 역사가 바뀌었듯이 정치와 경제 판도 바뀌겠지만 그래도 역사의 진리는 반드시 통하게 되어 있다.

그랬기에 최강철은 손가락을 입에서 떼낸 후 천천히 입을 열었다.

"사장님, 저는 아무도 업지 않을 겁니다. 말씀드렸다시피 저는 저의 정치를 할 생각입니다. 당리당략에 의해 움직이는 그런 정치가 아니라 국가를 위한 정치, 국민의 행복을 위해 열심히 일하는 정치를 하는 게 저의 소망입니다."

"음……."

"지금 우리 쪽 국회의원 수가 얼마나 되죠?"

"32명을 확보했습니다. 현역 국회의원들 중에서 가장 국가관이 뚜렷하고 깨끗한 사람들입니다."

"잘하셨습니다. 어려울 거라 생각했는데 좋은 결과가 나왔군요."

"회장님, 그 사람들은 전부 모래알입니다. 이런 상황에서는 우리가 생각하는 정치를 할 수 없습니다."

김도환이 뭔가를 결심한 듯 말하며 최강철을 향해 강한 눈빛을 보냈다.

그의 말이 맞다.

그들의 소속은 여야, 그리고 무소속으로 갈가리 찢겨 있었기 때문에 정치적 사안에 대해 조직적으로 대응하기 어려운 상황이었다.

이곳에 온 이유는 바로 이것 때문이었다.

최강철은 김도환의 시선을 마주 바라보며 빙그레 웃었다.

그가 생각하고 있는 것이 무엇인지 너무나 잘 알고 있었으니 이젠 칼을 빼 들 시간이었다.

"대선이 끝나고 나면 우리 쪽 의원들을 모아 창당을 하시죠. 당명은 '대한정의당'입니다!"

*   *   *

대선은 선거일이 다가올수록 진흙탕 싸움으로 변해갔다.

한국 정치의 민낯은 너무 한심해서 차마 두 눈 뜨고 볼 수 없을 정도였다.

상대에 대한 비방과 지역감정을 조장하는 발언이 주 전략이었고 대한민국의 미래와 국민들의 행복은 뒷전으로 밀렸다.

어이없는 일이었으나 정치권의 전략은 국민들 속으로 아프게 파고들었다.

참으로 지랄 맞게 대한민국 국민들은 40년 가까운 세월 동안 정치인들의 권모술수에 놀아나며 그 더러움에 잔뜩 물들어 버렸던 것이다.

영남과 호남이 팽팽하게 대립하며 원수처럼 서로를 적대했다.

누가 이렇게 만들었단 말인가.

서로의 이웃에게 이빨을 드러내도록 만들어 버린 정치인들.

그들은 자신과 당의 이익을 위해 그런 파렴치한 짓을 서슴없이 저질렀다.

결국 대한민국 전체를 흔들었던 대통령 선거는 집권당 후보가 승리했다.

수십 년 동안 민주화를 외쳤으나 끝내 대통령에 대한 야망을 버리지 못하고 군부 정권과 손을 잡은 사람이었다.

"어떤 방식으로 진행하면 좋겠습니까?"

"무소속 의원들이 먼저 움직여 분위기를 잡으세요. 선두는 정우석 의원입니다."

"명분은요?"

"대선에서 보여준 양당의 행태에 극도의 절망을 느꼈다는 점과 정의로운 사회 건설을 위해 당리당략에 얽매이지 않는 정당을 만들겠다는 포부를 밝히는 걸로 하죠. 지역감정을 없애고 오직 국민의 행복을 위해 일한다는 슬로건이면 될 것 같습니다."

"알겠습니다. 그렇게 진행하겠습니다."

"1차적으로 무소속 의원들 5명을 창당 발기인으로 움직인 후 그다음에 나머지 무소속과 야당, 그리고 여당 의원까지 순차적으로 합류시켜 파괴력을 키워 나가시기 바랍니다."

"시간이 걸리겠군요. 우리가 움직이면 폭탄이 터진 것처럼 시끄러워질 겁니다. 아마 양당의 충격이 클 겁니다."

"그렇겠죠."

최강철이 김도환의 말을 받으며 씨익 웃었다.

당연한 말이다.

정우석을 비롯해서 '대한정의당'에 가담한 사람들은 국민들에게 인기를 끌고 있는 사람이 많았다.

여당이나 야당에서는 눈엣가시처럼 여긴 사람들이었으나 확고한 정치철학과 뚜렷한 신념으로 소신을 굽히지 않았고 청문회나 국감에서 날카로운 질문으로 국민들의 속을 시원하게 만들며 스타로 부각된 사람들이 여럿이었다.

김도환이 다시 입을 연 것은 가장 궁금했던 것을 묻기 위함이었다.

"회장님은 어쩌실 겁니까. 회장님의 입당이 '대한정의당'의 하이라이트입니다. 입당 시기를 잘 조절해야 합니다."

"저는 입당하지 않을 겁니다."

"예?"

"저는 당분간 입당하지 않을 생각입니다."

"아니, 그게 무슨 말씀이세요. '대한정의당'은 회장님이 만든 건데 회장님이 입당하지 않는다면 어쩌란 말입니까?"

김도환이 거품을 물었다.

어쩌면 그의 입장에서는 말도 안 되는 일이었을 것이다.

정당을 만드는 것은 상당한 돈이 필요했고 그 대부분의 비용을 '제우스' 쪽에서 부담할 예정이었다.

물론 극비리에 움직이겠지만 '제우스'의 실질적 주인인 최강철의 존재는 국회의원 상당수가 인식하고 있는 중이었다.

더군다나 지금 최강철이 가지고 있는 명성은 '대한정의당'의 입장에서 날개를 다는 것과 마찬가지였다.

그만큼 그의 파괴력은 상상조차 할 수 없을 정도였다.

하지만 최강철의 태도는 완강했다.

"사장님, 뭔가 오해를 하고 계신 것 같은데 '대한정의당'은 제가 만든 것이 아닙니다. 저희들 기준에 32명이나 되는 의원들이 존재했다는 것은 우리나라 정치가 아직 희망이 있다는 것을 의미합니다. 그들이 주인입니다. '대한정의당'은 대한민국 정치의 미래를 위해 움직이는 모두가 주인이 되었을 때 진정한 힘을 얻게 될 거예요. 저는 그다음에 입당하겠습니다. 그들이 치열하게 싸우며 힘을 길렀을 때 얌체처럼 올라탈 생각입니다. 어때요, 제 생각 괜찮죠?"

"회장님!"

"왜요? 너무 약삭빠른가요?"

"아뇨… 좋은 생각이십니다."

$*$ $*$ $*$

조선일보 정치부 기자 한규복은 카메라를 메고 급히 사무실을 튀어 나갔다.

무소속인 정우석 의원이 중대 발표를 한다는 정보가 들어왔기 때문이다.

대선이 끝난 지금 대통령의 미국 순방과 부정 비리 척결 등

굵직한 정치 이슈들이 계속 터져 나오고 있는 중이었기 때문에 사실 정우석 의원의 기자회견은 그리 커다란 관심을 끌어모으지 못했다.

하지만 일반적인 것이 아니라 새로운 정치 세력을 끌어모아 창당을 한다는 정보가 들어왔기 때문에 가지 않을 수가 없었다.

정우석 의원은 국민들에게 인기가 꽤 높았고, 대선 기간 중에 여야의 대통령 후보들에게 진정한 대통령으로서 자격이 부족하다며 정책의 부재에 대해 계속해서 쓴소리를 쏟아냈던 사람이었다.

그럼에도 한심한 이야기다.

독고다이로 움직이는 그에게는 정치 세력이 거의 전무한 상태였기 때문에 창당하겠다는 말 자체가 의심스러웠다.

기자회견장에 들어서자 10여 명의 기자가 먼저 와서 기다리고 있는 게 보였다.

그는 뒤늦게 소식을 듣고 달려왔기 때문에 시간이 임박하기 전에 간신히 도착했는데도 인원이 겨우 10여 명에 불과했다는 건 그만큼 정우석 의원의 발표에 관심이 적다는 뜻이었다.

"선 기자, 무슨 일이야?"

"나도 몰라. 하도 어이없는 정보라서 확인을 해봐야 돼."

먼저 와 있던 중앙일보의 선병일이 시큰둥한 반응을 보였다.

척 봐도 바쁜 와중에 이곳까지 온 게 마땅치 않다는 표정이었다.

"창당한다면서?"

"응, 요새는 개나 소나 전부 다 창당한다네."

"정우석 의원이 꽤 인기가 있지만 혼자서 무슨 창당을 해? 이거, 너무 속 보이는 거 아냐?"

"무슨 속?"

"관심이지. 요즘 한동안 정우석 의원은 언론에 노출된 적이 없잖아."

"한 기자, 아직도 넌 정 의원을 모르냐? 정 의원은 쇼나 하면서 언론에 노출되려고 한 적이 없어. 그래서 나도 어쩔 수 없이 온 거야. 너도 그래서 온 거 아냐?"

"그렇긴 하지."

"들어보면 알겠지. 무슨 말을 하나."

선병일이 시간을 흘끔 보며 중얼거렸다.

그때 문이 열리며 정우석 의원이 보좌관과 함께 들어오는 게 보였다.

여전하다.

양복을 입었지만 늘 그렇듯이 그가 입으면 폼이 안 났다.

고급 양복이 아니었기에 그런 면도 있었지만 그는 볼 때마다 옆집 아저씨를 연상시켰다.

물론 말투도 마찬가지다.

"기자님들, 오래 기다리신 건 아니죠?"

"늦지 않으셨습니다. 이제 전부 모인 것 같은데 말씀해 주십시오."

구석 쪽에 앉아 있던 경향일보의 임철영이 주절거렸다.

그 역시 자꾸 시계를 보고 있었는데 2시간 후에 청와대 정무수석이 부정 비리에 대한 사정 계획을 발표할 예정이었기 때문이다.

"그럼 시간들 없으신 것 같으니까 빨리 진행하겠습니다."

정우석은 미리 준비해 놓은 기자회견문을 단호한 목소리로 읽어 내려갔다.

현재 우리 사회가 지니고 있는 고질적인 병폐들과 한심한 정치행태에 맞서 진정으로 국가를 위하는 정당을 만들겠다는 포부였다.

미리 들었던 내용이었기에 수첩에 연설문의 주요 내용을 긁적거리며 쓰고 있는 기자들의 표정은 시큰둥했다.

기자들의 질문이 시작된 것은 정우석 의원이 연설문을 전부 읽었을 때였다.

"정 의원님, 창당을 혼자 하시는 겁니까, 아니면 동조하고 계시는 의원님들이 있는 건가요?"

"저 혼자 정당을 만들 수 있나요. 당연히 있습니다."

의외의 대답에 그제야 기자들의 얼굴이 달라졌다.

그들은 정우석이 혼자 창당한다는 정보를 들었기 때문이다.

물론 현역 의원이었으니 떨거지 몇을 데리고 창당을 할 수 있지만 그건 현재의 정치판에 아무런 약발이 먹히지 않는다.

대부분 창당에 참여하는 자들은 다음 선거에 얼굴이나 내비치기 위해 달려드는 자들뿐일 테니 창당해 봤자 무소속으로 움직이는 지금이나 달라질 게 없다.

하지만 현역 의원들이 가세한다면 이야기가 확실하게 달라진다.

"의원님, 그럼 몇 분이나 되십니까. 실명을 말씀해 주실 수 있겠습니까?"

"지금은 저희가 창당을 하겠다는 것만 말씀드리겠습니다. 추후 창당에 대한 과정에서 그분들의 이름을 자연스럽게 알 수 있을 겁니다."

"그럼 몇 명이나 되는지만 말씀해 주십시오!"

"지금 현재는 저를 포함해서 5명입니다. 하지만 저와 뜻을 같이하는 분들이 여럿 있기 때문에 더 늘어날지도 모르겠습니다."

"그 말씀 정말입니까!"

정우석의 발언에 지금까지 시큰둥한 표정을 짓고 있던 기자들이 벌 떼처럼 일어나 질문을 던지기 시작했다.

그들은 서로 손을 들면서 소리를 질러댔는데 자신들의 생각보다 훨씬 판이 컸기 때문이었다.

정우석은 기자회견을 한 후 일사천리로 일을 진행시켜 나갔다.

창당 발기인에는 그를 포함한 현역 국회의원 5명과 각 분야의 명망 있는 인물들이 20명이나 가담했는데, 그중에는 서울대의 윤문호 교수와 채철표 교수가 포함되었고 총선에서 아깝게 탈락한 정치인들도 여럿 포함되어 있었다.

대박이다.

정우석 혼자만도 충분히 파괴력이 있는데 무소속 국회의원들인 이병창, 허윤회, 지석훈, 박훈도가 가세하자 언론의 눈이 한꺼번에 쏠릴 수밖에 없었다.

그들은 모두 기존 정치판의 더러움에 신물을 내며 무소속으로 활동하고 있던 사람들이었다.

더불어 창당 발기인으로 가담한 사람들의 면면이 굉장히 화려했기 때문에 '대한정의당'의 출현은 그냥 넘길 수 없는 사건이 되어버렸다.

그랬기에 기자들은 '대한정의당'의 창당을 연신 방송을 타고 있는 대통령의 행보와 경제계 비리와 함께 주요 이슈로 삼을 수밖에 없었다.

커피숍에서 만난 조선일보의 한규복과 중앙일보의 선병일은 언론 쪽에서 봤을 때 찰떡궁합이었다.

둘은 서로의 정보를 공유하며 한발 빠른 뉴스를 생산하고 있었는데 다른 신문들도 이런 공동체를 형성하는 건 비일비재한 일이었다.

"선 기자, 뭐 더 나온 거 있어?"

"있다."

"뭔데?"

"아무래도 이성준 의원이 가담할 것 같아. 어제 직접 만났는데 뉘앙스가 이상해."

"뭐라고 했는데?"

"대한정의당의 정치 이상이 자신의 생각과 일치한다고 하더구만. 그래서 슬쩍 물어봤더니 여건이 된다면 불가능한 일은 아니라더라."

"립 서비스 아냐. 그는 야당의 중진이잖아?"

"그러니까 놀라운 일이지. 넌 뭐 없어?"

"씨발, 난 정말 큰 걸 가지고 왔다."

한규복이 인상을 잔뜩 찡그리며 내놓기 아깝다는 듯 입맛을 쩍쩍거리자 선병일의 몸이 바짝 다가왔다.

그는 빨리 말하지 않으면 당장에라도 죽일 것 같은 시선을 보내오고 있었다.

"여당 속의 야당, 민인식 의원!"

"그 사람이 왜?"

"아무래도 민인식 의원의 행동이 이상해. 조만간에 '대한정의당' 쪽으로 갈 것 같은 느낌이 들어."

"무슨 개소리야. 그 사람이 비록 입바른 소릴 잘해서 왕따를 당하지만 그쪽에서 잔뼈가 굵었어. 더군다나 다시 집권한 여당의 프리미엄을 버리고 가시밭길을 왜 걸어?"

"그걸 왜 나한테 묻냐, 민 의원한테 물어야지. 뭔가 생각이 있으니까 그런 행동을 하는 거 아니겠어?"

"근거는?"

"어제 민인식이 정우석 의원과 비밀리에 회동했어. 이건 그쪽에 있던 사촌 동생 놈이 보내온 정보다. 이 사실은 아무도 몰라!"

"허어, 이거 정말 미치겠네. 야, 한 기자, 뭔가 이상하지 않냐?"

"너도 그렇게 생각하지?"

"씨발, 이거 아무래도 뭔가 이상해. 정치판이 이상하게 돌아가는 것 같단 말이야. 느낌이 싸해."

"나도 이상하긴 한데 조금 기다려 봐야 해. 우리나라 정치판, 뻔하잖아. 그 나물의 그 밥들이 지들 밥그릇을 위해 치고받고 싸우는데 뭐가 변할 게 있겠어? 그리고 아직까지 나온 게 없으니까 더 지켜봐야 해."

　"그래도 뭔가 있는 것 같다. 꼭 시한폭탄이라도 터질 것 같은 기분이야!"

제45장
판이 깔리다

1993년 3월.

최강철은 '제우스'에서 '대한정의당'에 관한 일들과 주요 정치 현안에 대한 정보들을 들은 후 성호체육관으로 향했다.

최근 들어 재기한 슈거레이 레너드의 경기가 위성 녹화방송 되기 때문이었다.

레너드는 2월 말에 벌어진 재기전에서 슈퍼 웰터급 북미 랭킹 5위인 존 카터와 시합을 벌였는데 8라운드에 KO승을 거뒀다.

MBC에서는 급하게 그의 경기 장면을 입수해서 오늘 방송했는데 그 어느 때보다 빠르게 움직인 것이었다.

국민들의 관심도 컸지만 최강철이 전화해서 최대한 빨리 방송해 달라고 독촉했기 때문이다.

"왜 이렇게 늦게 와. 너 기다리느라고 목 빠질 뻔했잖아."

"목이 빠지긴, 벌써 한 병씩이나 마셨구만."

최강철이 비어 있는 맥주병과 반쯤 없어진 오징어를 보면서 두 사람을 노려봤다.

하여간 정말 못 말릴 사람들이다.

방송 시작하기 30분 전에 왔는데 벌써 둘은 맥주를 산더미처럼 쌓아놓고 술판을 벌여놓았다.

윤성호가 따라준 맥주를 마시며 이런저런 이야기를 나누고 있자 방송이 시작되며 경기가 시작되었다.

그 순간부터 세 사람은 맥주잔을 놓은 채 화면을 향해 시선을 고정시켰다.

북미 랭킹 5위인 존 카터는 절정의 기량을 가진 선수는 아니었으나 나름대로 괜찮은 전적을 보유했고 펀치력과 테크닉도 뛰어난 편이었다.

하지만 레너드는 그런 존 카터를 한마디로 데리고 놀았다.

원투 스트레이트는 기본이고 온갖 펀치를 시험 가동 하듯 퍼부었는데 존 카터는 경기가 진행될수록 넋이 나간 모습을 수시로 보여주었다.

빠르고 경쾌한 스텝은 손오공이 근두운을 타고 날아가는 것처럼 보일 정도였고, 여전히 날카로운 잽과 이어지는 원투 스트레이트, 콤비 블로로 터지는 양 훅과 어퍼컷까지 번개를 무색하게 만들 정도였다.

한눈에 알 수 있었다.

슈거레이 레너드는 이 경기에 최선을 다하지 않고 있었다.

오랫동안 쉬면서 둔화되었던 자신의 경기력을 다시 끌어 올리기 위해 상대의 움직임에 맞춰 경기를 진행했을 뿐이다.

그럼에도 일방적인 경기다.

경기를 지켜보던 윤성호와 이성일의 입이 떡 벌어질 만큼 레너드는 8라운드에 들어 상대방의 전신을 두드리기 시작했는데 마치 무섭게 몰아치는 해일을 보는 것 같았다.

"우와, 환장하겠군. 저게 3년 쉰 사람 맞아?

"펀치가 눈에 보이지도 않는구만. 엄청난 스피드야. 외신에서 보니까 이 경기를 위해 3개월 훈련했다고 하더라. 그런데 저 정도라면 본격적으로 훈련을 했을 땐 어느 정도란 말이냐. 역시 레너드군. 대단해!"

윤성호와 이성일이 번갈아 말하며 최강철의 눈치를 슬금슬금 봤다.

아직까지 그가 한마디도 하지 않고 화면에 시선을 고정시키고 있었기 때문이다.

최강철의 입이 열린 것은 화면을 통해 팔을 들어 올리며 활짝 웃고 있는 레너드의 전신 모습이 클로즈업되었을 때였다.

"슬슬 피가 끓는군요. 하지만 저 정도 가지고는 아직 안 됩니다. 레너드는 더 준비하고 와야 나하고 싸울 수 있습니다. 관장님, 알면서 자꾸 그런 말을 하는 건 나 약 올리려고 하는 소리죠?"

*   *   *

서병진은 기획실장이 가져온 결재를 보다가 만년필을 집어 던지며 서류를 허공으로 던져 버렸다.

정동그룹의 주력은 정동건설과 12개의 계열사로 이루어졌는데 그는 그룹의 회장직을 맡고 있었다.

정동건설은 작년 6,500억을 수주했지만 2년 전에 비하면 30%나 줄어든 규모였다.

문제는 턴키 사업에서 3번이나 물먹은 것이 컸다.

고속도로 건설사업은 건설사에게는 황금 알을 낳는 거위였으나 몇 번 실패를 하게 되자 수주액이 급감하는 결과를 불러일으켰다.

"도대체 당신들 위원들 관리를 어떻게 하는 거야? 왜 우리가 한참 뒤 순위인 태산건설한테도 밀린단 말이야. 정신을 어디다 두고 있어!"

"죄송합니다, 회장님. 인력풀이 늘어나면서 위원들의 숫자가 너무 많아졌습니다. 조금 더 적극적인 전략을 마련해야 될 것 같습니다."

"그걸 말이라고 하나? 그럼 태산이 된 건 뭐야, 그 새끼들이 낙찰된 건 뭐냐고!"

일리가 있는 말이다.

턴키 사업은 심사 위원들이 기술적인 부분과 개량적인 부분을 평가해서 낙찰자를 결정하는 방식인데 어떤 회사가 더 적극적으로 영업해서 위원들을 사로잡느냐에 따라 낙찰 결과가 달라진다.

지금 서병진의 말은 핵심을 찌르는 것이었다.

밥만 축내는 벌레들.

월급을 받으면 돈값을 해야 되는데 정동건설의 기술자들은 아직도 세상이 변한 줄 모르고 기술로만 승부를 걸려는 버릇이 남아 있었다.

영업이란 사람을 잡는 것이다.

돈을 처먹이든, 계집을 안겨주든, 그것도 아니면 골프 접대를 하든 어떤 방법이라도 동원해서 심사 위원들을 잡아야 한다.

그것이 돼야 정동건설이 발전할 수 있다는 게 그의 생각이었다.

하지만 정동건설의 임원진과 기술자들은 아직도 선친이 운영할 때처럼 정직한 기술력만 있으면 수주가 되는 줄 알고 있었다.

답답했다.

회장에 오른 후 계속해서 닦달했음에도 오랫동안 정동건설을 지배했던 정직과 신뢰라는 사훈 때문인지 다른 회사와 다르게 직원들의 영업에 대한 마인드가 형편없었다.

씩씩거리며 기획실장을 내보냈을 때 문이 열리며 동생인 서병탁이 들어왔다.

비실거리며 들어오는 서병탁은 돌아가신 선친이 떼어준 정동물산과 정동식품을 맡아 운영하고 있었다.

"형님, 뭐가 잘 안 됩니까?"

"아버지가 워낙 고지식하게 운영해서 그런가, 아직도 직원들이 정신을 못 차려. 씨발, 내가 돌아버리겠다."

"말귀를 못 알아들으면 패야죠. 그런 새끼들은 옷을 벗기면 됩니다. 몇 놈 시범 케이스로 잘라 버리세요."

"그러지 않아도 그럴 생각이다. 밥벌레들은 모가지를 잘라야 정신을 차려."

"그럼요, 그런데 그년이 또 들어왔다면서요?"

"그래. 내가 분명히 경고를 했는데 또 기어들어 왔어. 그년 간이 배 밖으로 나온 모양이다."

"어쩌실 생각입니까?"

"왔으니 어쩌겠어. 그에 대한 보상을 해줘야지."

"이왕 하시는 거 화끈하게 해줘야 됩니다. 그래야 다시는 기어들어 오지 못해요. 한국에 들어오는 것 자체를 끔찍하게 여기도록 만들어야 합니다."

"몇 놈 붙일 생각이다."

"좋은 방법이네요. 아무래도 계집애들한테는 그 방법이 제일 좋죠."

서병진의 대답에 서병탁이 손뼉을 치면서 격하게 동의를 나타냈다.

그들의 이복동생인 서지영을 푼돈만 쥐어주고 미국으로 내쫓은 건 벌써 십몇 년 전 일이었다.

그동안 쥐 죽은 듯이 살았기 때문에 잊고 살았는데 최근 들어 다시 한국 땅을 밟았다는 것을 안 순간 저절로 살의가 일어났다.

이미 죽은 아버지는 그녀에게 말도 안 되는 유산을 남겼다.

미리 알고 유서를 조작해서 강남의 빌딩들과 주식들을 전

부 뺏었기 때문에 서지영 모녀에게 쥐여진 건 유서에서 남긴
재산의 백분의 일도 되지 않는다.

재산도 재산이었지만 그년에게는 어떤 것도 주고 싶지 않았
다.

첩으로 인해 고통받았던 어머니의 일생을 보면서 얼마나
가슴 아팠단 말인가.

절대 그들 모녀를 용서할 수 없었다.

        *   *   *

막내 누나의 결혼은 4월의 아름다웠던 봄날에 이루어졌다.

아버지의 손을 잡고 식장에 들어가는 누나의 얼굴은 서서
히 눈물에 젖어가고 있었다.

막내 누나는 거의 모든 시간을 부모님과 보냈다.

둘째 누나가 결혼을 해서 분가를 한 후부터 집에는 부모님
과 막내 누나만 있었기 때문에 아버지와 어머니의 병원을 혼
자 다 챙겼고 수시로 모시고 나가 외식도 시켜 드렸다.

착한 누나.

가난한 집안 형편 때문에 스스로 대학을 포기했고 돈을 벌
어 살림에 보태겠다는 마음으로 고등학교를 졸업하자마자 어
린 나이에 취직을 했다.

누나는 아름다웠다.

하얀 웨딩드레스를 입은 누나의 모습을 보면서 최강철은 가슴이 뻐근하게 아파오는 게 느껴졌다.

그 옛날, 가난이 눈물을 흐르게 만들었던 그 아픈 시절.

누군가의 선물로 얻게 된 카스텔라를 먹으며 행복에 겨워할 때.

학교에서 돌아왔던 막내 누나는 침을 삼키며 내가 빵을 먹는 모습을 하염없이 바라보았다.

누나의 나이는 그때 10살, 초등학교 3학년에 불과한 나이였다.

"맛있니?"

"응."

"빵은 한입에 크게 베어 먹는 거 아니야. 조금씩 맛을 보면서 먹어."

"응."

누나의 시선이 무엇을 말하는지 본능적으로 알았지만 나는 절대 빵을 나눠줄 생각이 없었다.

어린 누나는 침을 삼키고 참았지만 결국 나를 향해 어렵게 손을 내밀었다.

"강철아, 누나 조금만 떼어주면 안 돼?"

"싫어!"

그때를 기억한다. 그 아픈 시절을…….

누나는 빵을 들고 매몰차게 몸을 돌린 나를 향해 또르르한 방울 눈물을 흘렸다.

미안해, 누나. 그건 내 본심이 아니었어. 너무 어렸잖아. 그리고 그때의 나는 카스텔라가 누나보다 더 좋았는걸.

누나마저 떠나면 이제 부모님만 남게 된다.

그때처럼.

하지만 예전과 같은 일은 반복되지 않게 만들 것이다.

부모님의 소망대로 제주도 바닷가에 아름다운 정원이 달린 집을 마련해 놨다.

잔디가 비단처럼 깔려 있고 꽃이 만발한 정원과 아버지가 좋아하는 진돗개 2마리, 단층이었지만 두 분이서 충분히 머물 수 있는 집을 지었다. 오래전부터 준비한 것이었다.

막내 누나가 결혼해서 떠나면 곧바로 그곳으로 가실 수 있도록 신규성에게 부탁해서 준비해 놨다.

바보 같은 누나.

기어코 부모님께 인사하는 시간이 오자 눈물을 펑펑 쏟기 시작했다. 그러지 마, 누나. 그리고 잘살아줘.

누나의 결혼식은 성대했다.

수많은 사람이 몰려들었고 축하 화환이 결혼식장 전체를 삼킬 만큼 많이 들어왔다.

물론 최강철로 인한 것이었다.

수많은 기자와 하객들.

하객들은 정재계는 물론이고 언론, 문화, 체육 등 어느 분야에 특정되지 않았다.

그동안 최강철이 거미줄처럼 인맥을 만들어온 것이 막내 누나의 결혼으로 인해 폭발한 것처럼 느껴질 정도였다.

김도환이 은밀하게 다가온 것은 누나가 결혼식을 끝내고 신혼여행을 떠날 때였다.

"회장님, 오늘 3차로 6명의 의원들이 대한정의당에 합류합니다. 그들은 공동으로 기자회견을 할 겁니다."

"그럼 총 몇 명이 되는 거죠?"

"13명입니다."

"이제부터는 본격적으로 가담시키십시오. 지금까지 간을 본 거라면 이제부터는 폭발시켜야 합니다."

"그럼 5차에서 마무리하고 2회에 나눠서 남은 인원을 전부 입당시키겠습니다."

"그러세요."

"그 인원이 전부 가담하면 대한정의당은 원내 세력으로 자리 잡게 됩니다. 지금 현재는 정우석 의원이 당 대표를 맡고 있는데 인원이 많아지면 조직을 재정비해야 됩니다. 오더를 내려주시죠."

"정우석 의원을 당 대표로 하시고 민인식 의원을 원내 대표로 꾸미세요. 나머지 직책들은 당규에 따라 두 분이 상의해서 정하는 걸로 하십시오."

"당원들은 어떻게 합니까?"

"대정당 의원들을 총가동하시고 필요하면 방송국과 신문사에 홍보도 때리세요. 진정한 힘은 국민으로부터 나오는 겁니다. 국민들의 지지가 없다면 대정당은 뿌리가 약한 나무에 불과합니다. 제우스는 그들이 당원들을 최대한 확보할 수 있도록 지원해 주세요."

"알겠습니다."

제우스의 황규태는 팀원인 손주인과 함께 예식장 주변을 감시하다가 이상한 놈들을 발견하고 계속 주시했다.

정철호가 이끄는 특수 팀은 최강철이 이렇게 대중에 노출될 때는 10명이 경호 임무를 맡는데 근접 경호에 5명, 외곽 경호에 5명이 배치되었다.

황규태와 손주인은 나머지 세 명과 최강철 주변 30m 거리에서 움직이며 이상한 자들이 있는지를 수시로 살피다가 5명의 수상한 사내를 발견했다.

"형님, 저 새끼들 뭐 하는 놈들일까요?"

"흐음, 시선이 보스로 향하지 않고 있어. 목표가 보스는 아닌 것 같다."

"그런데 신경이 거슬리는군요?"

특전사 출신인 손주인이 자신도 알고 있었다는 듯이 놈들을 노려보자 황규태의 인상이 찡그려졌다.

황규태는 해병대 특수 수색대 출신이었고 그의 주특기는 요인 암살이었다.

그랬기에 누구보다 경호에 최적화된 사람이기도 했다.

"주인아, 보스는 아닌데 보스 주변을 따라오고 있어. 아무래도 저 새끼들 저분을 노리는 것 같다."

"서지영 씨 말입니까?"

"그래."

"저분을 왜요? 저분은 미국에서 살고 있는 분 아닙니까. 어제 들어왔는데 저분을 노릴 이유가 있을까요?"

"저 중간에 서 있는 놈 보여?"

"예."

"그리고 저놈, 저 새끼들 눈알이 자꾸 서지영 씨 쪽으로 돌아가잖아."

"흐음, 난 서지영 씨가 예뻐서 그렇다고 생각했는데 그게 아닌 모양이네요. 어쩌죠?"

"일단 실장님께 보고하자."

"먼저 때려잡지 않고요?"

"이 자식아, 우리가 깡패냐? 우린 회사원들이야. 감시한다고 무조건 때려잡을 수는 없어!"

*　　　　　*　　　　　*

"최강철! 왜 그년이 최강철과 함께 있어?"

"결혼식에 참석했답니다. 최강철의 누나 결혼식이라고 했습니다."

"무슨 소리야? 알아듣기 쉽게 말해!"

서병진이 벌컥 화를 냈다.

비서실장의 보고를 전혀 이해할 수 없었기 때문이다.

그동안 서지영이 몇 차례 한국에 들어왔다는 것을 알게 된 후 불같이 화를 냈다.

그가 최강철과 서지영의 관계에 대해서 알지 못한 것은 언론에서 그녀를 미모의 재미 교포라고만 소개했기 때문이었다.

물론 비서실 쪽에서도 그 사실을 모르고 있었다.

그녀가 미국으로 떠난 건 오래전의 일이었고 그 이후 한 번도 한국에 들어온 적이 없었기 때문에 서지영에 대한 관리 업무는 거의 손을 뗀 상태였다.

비서실 쪽으로 정보가 들어온 것은 작년 말 공항 쪽에 근무하는 정문호로부터였다.

그는 공항 공사 고객 본부장인데 대구 공항으로 발령받았다가 작년에 김포로 돌아온 사람이었다.

서병진의 부탁을 받고 서지영의 입출국을 체크해 왔었는데 대구로 옮긴 후 소식이 끊어졌다가 갑자기 작년 말에 김포로 돌아오면서 연락이 왔던 것이다.

서병진의 분노는 컸다.

정상적으로 상속이 되었다면 모녀의 자산은 현재 가치로 500억이 훌쩍 넘을 정도로 늘어난 상태였다.

만약 서지영이 자신의 재산을 되찾기 위해 들어왔던 것이라면 골치 아픈 일이 생길 수도 있었다.

비서실장은 자신의 잘못이 아니었음에도 전전긍긍했다.

머슴은 주인의 기분에 따라 목숨이 왔다 갔다 하는 것 아니겠는가.

"여기저기 확인해 보니 서지영 씨가 최강철 선수와 사귄다고 합니다. 그래서 결혼식에 참석한 것 같습니다."

"그년이 미쳤군. 가문의 얼굴에 먹칠을 하고 있어. 아무리 첩년의 자식이라도 기껏 복싱 선수 나부랭이와 사랑놀음을 한단 말이냐? 병신 같은 년."

"최강철 선수는 국민들에게 영웅 대접을 받고 있는 사람입니다."

"영웅 같은 소리 하고 자빠졌네. 그 새끼는 번 돈을 전부 고아원과 장학금으로 쓴다면서. 저는 전세에 살고?"

"예, 회장님."

"그러니까 또라이 새끼라는 거 아니냐. 미친놈이 아니고서야 겨우 매 맞아서 번 돈을 벌레들한테 쏟아붓는다는 게 제정신이야? 그래서 출신이 중요한 거다. 갑자기 없는 놈이 큰돈이 생기니까 미쳐 날뛰는 거지."

"회장님, 지금 애들이 결혼식장 근처에서 대기하고 있습니다. 어떡할까요?"

"어쩌긴 뭘 어째! 원래 계획대로 가도록. 그년 혼자 있을 때 납치해서 내일 정도 풀어줘. 어떻게 해야 하는지 알지?"

"예, 회장님."

비서실장이 서병진의 시선을 피하며 내시가 황제 앞에서 물러나는 것처럼 뒷걸음을 쳐서 빠져나왔다.

그런 후 한숨을 길게 흘려냈다.

정말 독사 같은 자다.

비록 이복동생이라 해도 같은 핏줄인데 사내들에게 먹잇감으로 넘겨주라는 지시를 눈 하나 깜빡하지 않고 내리다니, 독사처럼 잔인한 심성을 가졌다.

더 기분 나쁜 건 회장의 입에서 구체적인 지시가 한마디도 나오지 않았단 것이었다.

늘 그랬듯이.

회장은 언제나 최악의 상황에 대비해서 자신에게 불리한 지시는 절대 입으로 말한 적이 없었다.

"오늘 고생했어."

"고생은, 언니 너무 예쁘더라."

"아직 시차 적응이 안 돼서 힘들지?"

"응, 눈꺼풀이 천근만근이야."

"그럼 오늘은 호텔에 들어가서 푹 자. 내일은 내가 서울 구경 시켜줄게."

"아무래도 그래야겠어. 몸이 말을 안 들어요. 우리 강철 씨 품에서 자고 싶지만 오랜만에 가족들이 다 오셨으니까 내가 양보해야지."

"그래, 가서 푹 쉬고 있어. 내가 저녁 먹고 일찍 갈게."

"응."

최강철은 택시를 잡아준 후 떠나는 서지영의 뒷모습을 물끄러미 바라보았다.

그때 정철호가 다가왔다.

"보스, 애들이 따라갔습니다. 별일 없을 겁니다."

"누가 보낸 건지 확인하세요."

"알겠습니다."

정철호가 정중하게 고개를 숙이고 떠나자 최강철이 가족들 쪽으로 몸을 돌렸다.

가족들은 멀리서 그를 기다리고 있었는데 가운데 계신 부모님의 얼굴에는 행복한 웃음이 가득 들어 있었다.

손자 손녀 전부 합해서 16명의 가족이 부모님을 중심으로 주욱 늘어서 있었는데 구김살이 전혀 없는 얼굴들이었다.

그가 다가서자 아버지와 이야기를 나누고 있던 큰형이 말을 붙여왔다.

"강철아, 그분은 가셨니?"

"예, 어제 들어와서 아직 시차 적응이 안 됐어요. 같이 저녁 먹기에는 컨디션이 너무 안 좋아서 제가 쉬라고 보냈어요."

"잘했다, 이제 강숙이도 갔으니까 우리 강철이만 남았네. 그렇죠, 아버지?"

"강철이도 이제 스물아홉이니 갈 때가 되었어. 강철아, 넌 언제 갈 거냐?"

큰형의 말에 아버지가 푸근한 미소를 지으며 물었다.

궁금증은 옆에 있던 어머니와 모든 가족에게도 공통된 것이었기에 모두의 시선이 최강철에게 몰려왔다.

"아버지, 저는 이제 4학년이니까 졸업 먼저 하겠습니다. 그래서 내년 정도에 생각하고 있어요."

"그래라, 아홉수는 좋지 않으니까 그게 좋겠다. 임자, 강철이가 내년에 장가간다는구먼. 서운하지 않지?"

"내가 왜 서운해유. 내년이면 딱 적당해. 강철아, 넌 중요한 사람이니까 네가 원하는 대로 해라. 그런데 그 색시는 그때까지 기다릴 수 있는 거여?"

*   *   *

정철호는 서지영이 탄 택시를 따라 움직이는 놈들의 뒤를 쫓았다.

저놈들의 의도는 뭘까?

아무리 생각해도 이해되지 않았다.

서지영은 최강철의 연인이었지만 가급적 모습을 드러내지 않았기 때문에 그녀의 정체는 거의 노출되지 않은 상태였다.

그녀는 어렸을 적 미국으로 이민을 갔고 거기서 자랐으니 한국에 원한을 가질 만한 자들이 있을 리 만무했다.

그렇기에 괴한들이 그녀를 쫓는다는 건 결국 최강철 때문이라는 생각이 들었다.

일본을 위해 움직이는 친일파들이 아직 국내에서 중요한 위치를 선점하고 생생히 활보하는 중이었고 선거 과정에서 원한을 맺은 놈들도 많았다.

놈들은 자신들의 낙선이 최강철 때문이라며 이를 갈며 미워했다.

거기에 고아원을 운영하며 갖은 못된 짓을 하던 떨거지들도 최강철에게 원한을 가지고 있었다.

놈들은 정부 보조금과 각종 지원금을 착복하며 떵떵거리고 살다가 갑자기 나타난 최강철이 대형 고아원을 만드는 바람에 아이들을 전부 뺏기고 길거리에 나앉는 신세가 되었다.

정철호는 놈들을 뒤따르며 고개를 살짝 비틀었다.

서지영의 행선지는 신라 호텔이었다.

그 말은 시내의 중심지를 관통한다는 뜻이고 저자들이 대낮에 일을 벌이기 어렵다는 걸 의미했다.

신라 호텔의 정문에 도착한 서지영이 택시에서 내리자 뒤를 따르던 두 대의 차에서 4명이 내리는 게 보였다.

인상이 저절로 찌푸려졌다.

호텔까지 따라와서 내려?

"규태야, 따라와. 넌 차 가지고 여기서 대기하고."

"예, 실장님."

운전을 하던 요원이 차를 옆으로 빼자 정철호가 황규태를 데리고 호텔 정문으로 움직였다.

그들 뒤에는 2대의 차가 더 따라왔는데 4명의 요원이 차에서 내리며 은밀하게 자리를 찾아갔다.

따로 지시를 내릴 필요도 없었다.

워낙 훈련이 잘된 요원들이었기 때문에 놈들을 확인한 후 서지영을 급히 찾았다.

그녀는 이미 엘리베이터 앞에 서 있는 중이었다.

"규태야, 너는 여기서 쟤들을 살피고 있어. 나는 저놈을 따라가야겠다."

"알겠습니다."

황규태가 빠른 걸음으로 자리를 옮겨 커피숍 쪽으로 향했다.

서지영의 뒤를 따르던 놈을 제외하고 나머지는 커피숍으로 걸어갔기 때문에 이미 다른 요원들은 놈들을 포위하듯 자리를 잡고 대기하는 중이었다.

정철호는 결혼식에 참석하기 위해 검은색 슈트를 차려입었는데 넥타이까지 매고 있어 사업가처럼 보였다.

천천히 엘리베이터에 서 있는 서지영의 뒤쪽으로 다가가 놈과 그녀 사이를 슬쩍 가로막았다.

만약의 사태에 대비하기 위함이었다.

엘리베이터를 기다리는 사람 중에는 그들 외에도 외국인 부부가 있었다.

이윽고 엘리베이터가 내려오고 사람들이 타자 서지영이 손으로 입을 가리며 하품을 했다.

꽤나 고단한 모양이었다.

외국인 부부가 5층에서 내린 후 엘리베이터는 9층으로 올라갔다.

서지영이 먼저 내렸고 그 뒤를 정철호와 사내가 따랐다.

그러나 방향이 다르다.

서지영은 오른쪽으로 걸어갔으나 정철호와 사내는 반대 방향으로 향했다.

놈은 반대쪽으로 걷는 척하다가 서지영이 룸 앞에 서자 그녀가 있는 쪽으로 되돌아갔다.

정철호는 복도를 10m 정도 그냥 더 걸어간 후 룸으로 들어가는 척하면서 사내의 행동을 관찰했다.

놈은 룸 번호를 확인한 후 천천히 엘리베이터 쪽으로 되돌아 나오는 중이었다.

'으음…….'

엘리베이터를 타고 사라지는 놈의 뒷모습을 확인한 정철호의 걸음이 서지영이 들어간 룸으로 향했다.

기분이 점점 좋지 않았다.

그저 사람을 미행했다고 해서 놈들을 제압할 수는 없었으니 조금 더 기다릴 필요가 있었다.

하지만 기다림은 그리 오래 걸리지 않았다.

귀에 꽂아놓은 무전기에서 황규태의 목소리가 급하게 들렸기 때문이다.

"실장님, 놈들 올라갑니다."

  *   *   *

종로를 중심으로 세력을 확장시키고 있는 신강북파의 행동대장 중 하나인 서진표는 동생들을 호텔로 올려 보낸 후 차에서 잠시 기다리다가 호텔로 들어섰다.

그러자 조양주가 급하게 다가왔다.

"형님, 917호입니다. 꽤 피곤한 모양이던데요. 하품을 계속해대는데 꼴려서 죽는 줄 알았습니다."

"자면 더 일이 편하겠구만."

"자다가 일어난 년은 맛이 없을 텐데요."

"이 새끼야, 내가 먼저 홍콩 보내놓을 테니 뒤처리나 잘해."

서진표가 사악한 웃음을 지으며 조양주의 설레발을 끊었다.

세상을 살다 보면 이런 기회들도 가끔씩 찾아온다.

처음 지시를 받았을 때는 기분이 좋지 않았다.

자신이 갓 들어온 똘마니도 아닌데 계집이나 후리라는 지시를 받자 자존심이 상했다.

하지만 지시는 보스에게 직접 내려왔고 보너스로 나온 돈도 꽤 많았기 때문에 서진표는 조직원들을 이끌고 서지영을 쫓았다.

대박이다.

못생겼거나 몸매가 엉망인 계집이었다면 동생 놈들에게 맡기고 자신은 나서지 않으려 했지만 서지영의 몸을 보자 저절로 군침이 삼켜졌다.

뒤를 따르는 동생 놈의 표정이 밝았다.

워낙 험한 곳에서 놀던 놈들이라 이런 일이 즐거운 모양이었다.

호텔의 도어록 정도는 전문가들에게는 식은 죽 먹기보다 더 쉽다.

그러나 그것보다 더 쉬운 건 벨을 누르는 것이었다.

누군가에게 추적을 받거나 범죄를 저지르고 도피하는 자가 아니라면 벨을 누르면 백이면 백 다 기어 나오게 되어 있다.

띵동, 띵동.

순식간에 벨을 5번이나 눌렀다.

그러자 안쪽에서 부스럭거리는 소리가 들리더니 잠시 후 잠에서 깨지 않은 여자의 목소리가 흘러나왔다.

"누구세요?"

"룸서비스입니다. 손님께 와인과 꽃이 왔습니다."

"와인과 꽃요? 누가 보낸 거죠?"

"최강철 씨가 보낸 겁니다."

"잠시만 기다려 주세요."

여자의 목소리가 끝나며 잠금장치가 풀리는 소리가 들려왔다.

서진표의 험상궂은 얼굴에 흡족한 미소가 흘러나왔다.

그녀의 야리야리한 몸을 안을 수 있다고 생각하자 벌써부터 몸이 후끈거리며 달아오르기 시작했다.

조금만 기다려. 내가 홍콩에 보내줄게!

문이 열리며 당황한 여자의 모습을 기대했으나 나타난 것은 말쑥한 양복을 차려입은 자였다.

"뭐 해, 들어와. 꽃하고 와인은 어디 있나?"

"넌 누구냐?"

"하아, 이 새끼 말귀를 못 알아 처먹는구만. 네가 룸서비스라며? 그런 놈이 내가 누군지 묻는다는 게 말이 된다고 생각해? 꽃하고 와인 어디 있어?"

정철호가 씨익 웃으며 한 발 다가오자 서진표의 표정이 굳어졌다.

종로를 차지하기 위한 전쟁을 수도 없이 치렀기에 상대의 자세만 봐도 어느 정도 실력인지 가늠이 되었다.

하지만 이자는 달랐다.

서 있는 그 자체만으로도 그냥 시퍼렇게 갈린 칼을 보는 것 같았다.

그가 이 판에서 살아남은 것은 상황을 읽는 판단력과 감각이 남다르기 때문이었다.

뭔가 문제가 생겼다.

저절로 인상이 일그러지며 빠르게 두 걸음 물러났다.

하지만 그게 다다.

천하의 서진표가 한 놈 때문에 꼬리를 말고 도망간다는 건 말이 되지 않기 때문이었다.

그때 엘리베이터가 열리며 5명의 사내가 나오는 게 보였다.

손에는 아무것도 들고 있지 않았지만 보는 것만으로도 숨이 턱 막힐 정도의 기세를 지닌 자들이었다.

사내들은 문 앞에 서 있는 자신들을 향해 거침없이 다가왔는데 싸움에 대한 두려움이나 긴장 같은 것은 전혀 보이지 않왔다.

"니들 뭐야, 이 새끼들아!"

서진표가 인상을 긁으며 몸을 돌렸다.

조직원들이 엘리베이터에서 나타난 사내들을 향해 몸을 돌린 건 그의 고함 소리와 동시에 벌어진 일이었다.

워낙 구역을 차지하기 위해 많은 싸움을 해봤기 때문에 자신의 동생들은 싸움이라면 도가 튼 놈들이었다.

"하아, 이 새끼들. 뭐긴 뭐야. 너희 잡으러 온 사람들이지."

다가서는 신강북파의 조직원들을 향해 황규태와 손주인이 앞으로 나섰다.

그 뒤로 3명의 요원이 더 있었지만 그들은 황규태가 손주인을 이끌고 앞으로 나서자 팔짱을 끼고 놈들의 도주로만 가로막았다.

충분하다.

놈들이 아무리 조직에서 날고뛴다 하는 실력을 가졌다 해도 두 사람을 막기는 어려울 것이다.

"누가 보냈나?"

"보내? 보낸 게 아니라 너희를 잡으러 온 거라니까. 하도 이상한 짓을 해서 말이야."

"건방진 새끼."

조직원들의 뒤에 서 있던 서진표가 이를 드러냈다.

두 놈만 나선 것도 기분 나빴지만 자신의 앞에서 이런 허세를 부리는 게 가당치도 않았다.

그때 황규태의 얼굴에서 조소가 떠올랐다.

"그냥 가자. 팔다리 부러진 다음에 끙끙대면서 가지 말고. 난 시작하면 대충 하는 사람이 아냐."

"뭐 해, 조져!"

더 이상 참지 못하고 서진표가 명령을 내리자 4명의 신강북파 조직원이 두 사람을 향해 뛰어들었다.

황규태는 놈들이 달려드는 것을 보면서 고개를 좌우로 꺾은 후 곧바로 마주 달리는 기관차처럼 호텔 복도를 달리다가 벽을 차면서 뛰어올라 맨 앞에 있는 놈의 면상을 무릎으로 찍었다.

하지만 그게 다가 아니다.

그는 선두에 섰던 놈이 쓰러지는 것을 확인조차 하지 않고 그대로 뒤에서 주먹을 날린 놈의 명치를 향해 주먹을 날렸다.

처음에는 주먹이었으나 명치에 도착했을 때는 수도로 변해 있었다.

수도에 찔린 놈이 숨넘어가는 소리를 지를 때 손주인의 신형이 그의 몸을 건너뛰며 나머지 두 놈을 덮치는 게 보였다.

번개 같은 동작.

그리고 얼마나 강력한지 황규태마저 움찔 놀랄 정도였다.

특전사에서도 최고로 통했던 손주인은 황규태의 화려한 공격과는 다르게 조직원들의 몸에 바짝 붙어 박투를 벌였는데 일격 일격에 놈들의 몸이 술에 취한 것처럼 비틀거렸다.

얼마 걸리지 않았다.

공격을 해왔던 네 놈의 신형이 벌레처럼 바닥을 긴 것은 숨 몇 번 들이켤 시간에 불과했다.

정철호가 서지영이 머물고 있는 룸에서 나온 것은 사내들이 바닥에 전부 쓰러진 후였다.

"네가, 이놈들 데리고 왔나?"

"으……."

"조용히 들어와. 죽고 싶지 않으면."

"너희들은 누구냐. 어디 조직이야!"

"하아, 이 새끼가 아직도 정신을 못 차렸구만. 악이 살아 있네. 어라, 눈빛 봐라? 너 그 눈 안 깔면 정말 죽여 버린다."

"난 신강북파의 서진표다. 어디 조직인지 모르지만 날 그냥 보내라. 그러면 오늘 있었던 일은 없던 걸로 하겠다. 하지만 날 조금이라도 건드리면 그땐 전쟁이야. 우린 당한 건 끝까지 돌려준다."

"그게 너네 회사 사훈이냐? 아주 좋네. 그쪽에서는 제법 그
럴듯한 사훈이야. 그런데 어쩌지, 우리한텐 그런 거 안 통하는
데. 난 두 번 말 안 하는 사람이거든. 이 새끼야, 눈 깔라고 했
잖아!"

무섭게 노려보는 서진표를 향해 정철호의 앞다리가 불쑥
치켜지며 구십 도로 꺾이더니 턱주가리를 그대로 날렸다.

한 방이다.

턱을 맞은 서진표는 킥에 맞는 순간 정신을 잃고 바닥에 풀
썩 쓰러진 후 더 이상 움직이지 못했다.

정신을 잃은 것이다.

"규태, 미스 서를 다른 곳에 모셔라. 위치 정해지면 곧바로
전화 때려. 보스께서 헛걸음하지 않게 하란 말이야."

"알겠습니다."

"나머지는 이놈들을 룸으로 데리고 들어가. 여기서 뼈를 좀
추려야겠다."

가족들과 저녁을 먹고 집을 나선 최강철은 곧바로 제우스
의 사무실로 향했다.

사무실에는 이미 김도환과 정철호가 기다리고 있었는데 표
정이 좋지 않았다.

놈들의 행동을 막지 않았다면 심각한 일이 벌어질 뻔했기 때문이다.

"그자들은 누구였습니까?"

"신강북파의 조직원들이었습니다."

"조폭?"

"그렇습니다."

"음… 그놈들과 지영 씨가 원한 맺을 일은 없었을 테니 누군가의 사주를 받았겠군요. 납치할 생각이었나요?"

"아닙니다……."

"그럼 뭐였죠?"

"그건… 보스, 놈들은 미스 서를 강간할 생각이었답니다. 그렇게 명령을 받았다고 하더군요."

정철호가 어렵게 대답을 하자 최강철의 얼굴이 무섭게 굳어졌다.

강간?

순식간에 머리털이 곤두섰다.

여자를 강간한다는 것은 정말로 엄청난 원한이 있을 때나 하는 짓이기 때문이었다.

하지만 그 이유 때문이 아니다.

분노.

그렇다. 자신이 원인이든 그녀가 원인이든 강간이란 말이

나오자 최강철은 극도의 분노로 인해 얼굴이 허옇게 변했다.

"누구랍니까?"

"그놈들한테는 더 이상 정보가 나오지 않습니다. 놈들은 단순하게 명령을 받고 온 자들입니다. 아무래도 신강북파의 보스를 잡아야겠습니다. 어쩔까요. 일이 조금 더 커질 텐데 괜찮겠습니까?"

"정 실장님, 신강북파의 두목을 잡으세요. 배후가 나오면 그때 저한테 알려주십시오."

"알겠습니다. 곧 조치하겠습니다."

최강철이 서지영이 묵고 있는 리버사이드 호텔로 들어간 것은 9시가 조금 넘은 시간이었다.

그녀는 제우스의 보안 팀이 지키고 있었는데 황규태는 룸 앞에서 경호를 서고 있다가 그가 들어서자 정중하게 고개를 숙인 후 자리를 피했다.

벨을 누르자 인기척이 들리며 서지영의 모습이 나타났다.

갑작스러운 일 때문에 놀랐을 거라 생각했지만 그녀의 표정은 의외로 침착했다.

"조금 늦었어. 미안해."

"아니야, 괜찮아. 얼른 들어와요."

웃었다.

그녀는 자신의 걱정을 최강철에게 알리지 않으려는 듯 그의 손을 잡고 룸으로 이끌었다.

"밥은 먹었어?"

"그럼, 지금이 몇 신데. 가족들은?"

"큰형 내외만 남고 다들 돌아가셨어."

"나 안 왔다고 서운해하지 않으셨어?"

"서운하긴, 예식장에서 다 봤는데 뭐가 서운해. 피곤하다고 말씀드렸어. 그리고 모레 부모님과 같이 식사하기로 했으니까 괜찮아."

"응."

"놀랐지?"

"조금, 강철 씨는 괜찮은 거지?"

"당연하지. 세계 챔피언을 누가 건드리겠어. 나한테 까불면 혼난다고. 이래 봬도 내가 세계에서 제일 강한 사람이거든."

"호호, 맞아."

서지영의 환한 웃음을 보면서 최강철이 바보처럼 웃었다.

일부러 묻지 않았다.

한국에 들어와 낯선 사내들의 습격을 받은 이유에 대해 그녀에게 물을 이유가 없었다.

어떤 이유가 되었든 자신의 책임이었고 자신의 잘못이었다.

무조건 내가 해결한다. 그녀가 어떤 걱정도 하지 않도록 내
가… 그렇게 만들 것이다.

*   *   *

신강북파의 보스 박성만은 마흔 살로 어릴 때부터 조폭 쪽
에서 잔뼈가 굵은 자였다.

여수가 고향인 그는 18살에 조폭에 들어와 10여 년 만에
여수를 휘어잡는 보스가 되었는데 큰물에서 놀겠다는 야망
을 가지고 서울로 진출했다.

서울 놈들이 강하다는 건 전부 헛소리에 불과했다.

여수에서부터 끌고 올라간 자신의 부하들은 독기로 똘똘
뭉쳐 있었고 어차피 가진 것이 없었기에 전쟁이 벌어지면 죽
기를 각오하고 싸웠다.

광화문에서부터 시작해서 종로까지 진출하는 동안 수많은
전쟁을 치렀다.

그리고 현재는 서울에서 가장 강하다는 다섯 개 파의 하나
로 신강북파를 성장시켰다.

박성만의 하루는 바쁘다.

종로 일대와 광화문까지 주류 판매권을 확보하면서 돈이
넝쿨째 들어오는 중이었고, 명동 일대까지 진출하면서 나이트

클럽까지 관리하느라 눈코 뜰 새 없이 움직였다.

명동에 자리를 잡고 있는 성수파와의 긴장이 피어오르기 시작한 것은 종로와 명동의 경계에 있는 미란다 호텔의 나이트클럽 관리권을 신강북파가 차지하면서 발생했다.

성수파는 조폭 흉내나 내는 떨거지들과 근본부터 다른 자들로 명동을 중심으로 막강한 세력을 구축하고 있었다.

긴장이 고조되면서 박성만은 자신의 호위병을 두 배로 늘렸다.

이촌동에 위치한 그의 저택에는 호위병들이 머무르는 숙소까지 따로 두었는데 그 숫자가 14명이나 되었다.

오늘 중간 보스들과 회의를 마치고 집으로 돌아온 건 8시가 조금 못 되었을 때였다.

대두목이 되면서 자신이 직접 업소 관리는 하지 않았지만 워낙 관리할 대상이 많다 보니 매일 저녁은 밖에서 해결했다.

요즘은 술이 싫었다.

예전에는 매일같이 계집애들을 끼고 술을 퍼마셨으나 나이가 들면서부터는 이렇게 편안히 텔레비전을 보면서 저녁을 즐기는 게 좋았다.

밖에서 비명이 들리기 시작한 것은 9시 뉴스가 시작되기를 기다리고 있을 때였다.

"뭐야!"

그와 함께 있던 3명의 부하가 벌떡 일어나 무기를 챙겨 드는 걸 보면서 박성만이 천천히 자리에서 일어났다.

직감.

습격이다.

자신 역시 상대의 보스를 잡기 위해 이런 짓을 한 적이 많았기 때문에 부하들의 비명이 들리자마자 박성만은 쇠 파이프를 손에 들며 현관문을 노려봤다.

몇 놈이나 왔는지 모르지만 그냥 죽지 않는다.

왕년에는 여수를 휘어잡을 만큼 대단한 전투력을 지녔고 지금도 웬만한 놈들 서넛은 한 방에 보낼 정도의 주먹이 있다.

현관문이 열리며 들어선 것은 예상과 다르게 불과 세 명뿐이었다.

그리고 그 전면에서 들어온 자는 슈트를 멋지게 차려입은 사내였다.

"박성만, 네가 신강북파의 대가리 맞지?"

배후가 나온 것은 그로부터 삼 일밖에 걸리지 않았다.

일이 일인 만큼 최강철은 제우스의 경호 팀을 가동시켜 서지영을 은밀히 보호했는데 그녀는 전혀 눈치를 채지 못했다.

보고를 한 것은 정철호가 아니라 김도환이었다.

"정동그룹?"

"그렇습니다. 재계 17위의 기업이죠."

"그자들이 왜 지영 씨를 위해했단 말입니까?"

"정보 팀을 동원해서 알아본 결과 서지영 씨는 정동그룹의 전대 회장 서길영의 딸이었습니다. 서길영 씨는 본처 모르게 두 집 살림을 했습니다."

"그래서?"

"서길영 씨가 죽은 후 정동그룹은 본처가 낳은 아들들이 장악했는데 서지영 씨는 어머니와 함께 미국으로 쫓겨났답니다. 다시 돌아오면 죽여 버리겠다는 협박까지 했다더군요."

"그자들이 지영 씨와 어머니를 미국으로 보낸 이유가 유산 때문인가요?"

"그렇습니다."

정확하게 정곡을 찌른 최강철의 말에 김도환의 눈에서 어이 없다는 시선이 흘러나왔다.

그저 쫓겨났다는 말만 했을 뿐인데 최강철은 벌써 그 원인까지 유추했기 때문이다.

계속 느끼는 것이지만 최강철의 판단력은 정말 뛰어났다.

"정확하게 말씀해 주시죠."

"현 회장인 서병진과 그의 동생인 서병탁은 유서를 공개하지 않았다고 합니다. 그리고 서지영 씨 모녀에게 현금 10억을 주면서 추방을 했습니다. 첩의 자식이니 다시는 보고 싶지 않다면서 한국에 한 번이라도 들어오면 모든 재산을 뺏겠다고 협박했습니다."

"그럼 두 가지 이유군요."

"그런 셈이죠."

"돈과 원한이 복합적으로 작동했으니 그자들은 지영 씨가 한국을 드나드는 게 꺼림칙했겠군요. 그래서 여자에게 치명적인 상처를 주려 했던 거고요. 그렇죠?"

"제 생각도 그렇습니다."

"독사 같은 자들입니다. 사장님이 해주셔야 할 일이 생겼네요."

"말씀하십시오."

"먼저 그자들의 평판을 확인해 보십시오. 정동그룹의 회장으로서, 계열사의 사장으로서의 평판, 그리고 사생활을 전부 알아보세요."

"알겠습니다."

"두 번째, 서길영 회장의 고문변호사가 누구였는지 파악해 보시고 그자의 재산 내역 변화와 지금 상황에 대해서 확인해 주십시오. 그리고 마지막으로 정동그룹의 계열사들 재무 현황과 지배 구조, 주요 추진사업들에 대해서도 알아봐 주십시오. 얼마나 걸릴까요?"

"일주일이면 충분합니다."

"좋습니다."

"회장님, 어쩌실 생각입니까?"

"일단 보고부터 받겠습니다. 어떤 인간들인지, 무슨 수작질을 부렸기에 지영 씨에게 그런 몹쓸 짓까지 하려 했는지 알아야 되지 않겠습니까?"

어느새 평온한 얼굴을 만든 최강철이 자리에서 일어났다.

이미 그의 얼굴에는 분노가 사라졌고 냉정한 이성만 가득 차 있었다.

그랬기에 최강철의 뒷모습을 바라보는 김도환의 가슴이 서늘하게 변했다.

정말 무서우리만치 차가운 냉정이다.

보통 사람의 경우 자신의 여자가 강간당할 위기에 처했다면 절대 최강철처럼 반응하지 않았을 것이다.

하지만 그게 더 무섭다.

최강철은 절대 분노로 인해 이성을 잃지 않을 정도로 차가운 심장을 가졌지만 한번 결정을 내리면 상대를 완전히 부숴 버리는 지독함도 동시에 가지고 있는 사람이었다.

오늘, 최강철이 그냥 돌아간 것은 바로 그 이유다.

그는 정동그룹 회장 일가의 처리는 보고를 받은 후에 결정할 생각인 게 분명했다.

최강철은 서지영을 데리고 서울 곳곳을 찾아다니며 데이트를 했다.

그가 가는 곳마다 사람들이 산더미처럼 몰려들었으나 최강철은 아무런 거리낌 없이 그녀와 데이트를 즐겼다.

처음에는 어색해하던 서지영도 차츰 그런 분위기에 익숙해졌다.

최강철의 의도를 간파했기 때문이다.

기뻤다.

이렇게 그녀를 모든 사람이 보는 앞에서 노출시킨다는 건 무언의 약속이나 다름없었다.

일주일의 일정은 꿈결처럼 지나갔다.

서지영은 이 시간들이 너무나 행복했기에 하루하루가 지나가는 걸 아쉬워하며 잠시도 최강철의 곁에서 떨어지지 않으려 했다.

마음 같아서는 한 달이고 두 달이고 한국에서 머물고 싶었지만 회사의 일 때문에 더 이상 지체할 수 없었다.

마이다스 CKC의 자산은 눈덩이처럼 불어나고 있었기 때문에 회사를 너무 오래 비울 수는 없었다.

한국에 있는 동안에도 클로이와 수잔, 황인혜가 번갈아 가며 전화를 해왔는데 전부 중요한 업무에 관련된 것이었다.

벌써 마이다스 CKC의 인원은 150명을 넘고 있었다.

각 분야의 최고 인재들을 계속 영입하면서 맨파워를 키워 나갔는데, 조만간 추가로 선물옵션 팀과 주식 팀, 부동산 팀에 인재들을 추가로 스카우트할 예정이라 금방 200명을 넘을 것이다.

윈도우 4.0의 판매가 무려 3천만 장이 넘었기 때문에 작년 한 해만 3억 달러의 이윤이 발생했고 시스코의 작년 말 순이익은 8억 달러에 달했다.

그야말로 완전 순이익이다.

윈도우 판매 수익과 아직 상장을 하지 않은 시스코에서 발생하는 수익은 그대로 마이다스 CKC로 들어오는 돈이었다.

거기에 델 컴퓨터에서 들어온 수익금도 2억 달러에 달했으니 작년 한 해에 기업 투자로 벌어들인 돈만 14억 달러에 달했다.

그뿐만이 아니다. 주식 투자와 선물옵션, 부동산 투자로 인해 벌어들인 돈이 4억 달러에 달했다.

"이제, 내일이면 우리 지영 씨 돌아가네."

"그 표정 뭐야. 내가 가는 게 그렇게 좋아? 싱글거리며 웃고 있잖아."

"아니야, 내가 왜 좋아하겠어. 조금만 떨어져도 보고 싶은데. 난 학교에 있을 때도 지영 씨만 생각했다고."

"히힛, 정말이지?"

토끼 눈을 떴던 서지영이 최강철의 대답에 활짝 웃었다.

사실이었다.

이제 4학년이 된 최강철은 학교 수업을 받을 때만 제외하고 온통 그녀와 시간을 보냈다.

"지영 씨, 아쉬워하지 마. 나도 방학 되면 미국으로 넘어갈 거야. 이제 2달 정도면 방학이니까 금방 지나가."

"시합 잡혔어?"

"아니야, 지영 씨랑 같이 있고 싶어서 가는 거야."

"거짓말. 빨리 말해. 무슨 일이야?"

"사실은 시스코에서 개발하고 있는 Horizon과 엠파이어의 시스템들이 거의 완성되었다고 해서 가봐야 해. 마지막으로 내가 검토해 줘야 하거든."

"아… 그렇구나. 벌써 시간이 그렇게 흘렀네. 참 시간 빨리 지나간다."

"우리 지영 씨도 많이 늙었지."

"우씨, 나를 노처녀로 만든 게 누군데 그런 소릴 해!"

"하하하… 그런가?"

서지영이 손을 번쩍 드는 걸 보며 최강철이 헌즈의 강력한 스트레이트를 막는 것처럼 양손을 교차시켜 얼굴을 막았다.

그녀의 공격에 한 대 맞으면 치명적인 대미지를 받고 죽을 것 같은 표정을 지으면서.

그 모습에 서지영이 치켜들었던 주먹을 풀며 최강철의 가슴속으로 파고들었다.

"강철 씨, 이번에 들어오면 해줄 게 있는데……."

"뭔데?"

"엄마가 강철 씨를 보고 싶어 해. 저번에 많이 혼났어. 아직 인사도 소개시키지 않는다면서 많이 화냈어."

"아, 그렇구나. 알았어. 이번에 가면 꼭 인사하러 갈게."

"정말이지?"

"당연한 일인데 뭘. 미안해. 더 일찍 찾아뵈어야 하는 건데……."

"아냐, 강철 씨 그동안 바빴잖아."

"걱정하지 마. 이번에 가면 어머니한테 잘 보여서 지영 씨 데려오는 데 문제없도록 만들 테니까."

"호호… 아이, 신나."

아이처럼 좋아한다.

그리고 그 모습이 너무나 예뻤다.

그랬기에 최강철은 손을 들어 그녀의 머릿결을 쓰다듬어

주었다.

정동그룹의 이야기는 꺼내지 않았다.

한순간도, 단 한순간도 그녀가 불행한 표정을 짓는 걸 원하지 않았기 때문이다.

최강철은 떠나는 서지영을 배웅한 후 곧바로 제우스로 향했다.

그녀는 최강철과 이렇게 헤어지는 순간이 되면 바보같이 아쉬움을 감추지 못했다.

그 모습이 그래서 아름다웠다.

자신을 사랑하는 마음이 담겨져 있으니 그 모습을 볼 때마다 가슴이 아팠다.

제우스의 사장실에는 김도환만 앉아 있다가 최강철을 맞아들였다.

앉아 있던 소파 앞에는 서류들이 잔뜩 쌓여 있었고 표정은 잔뜩 굳어져 있었다.

"기다렸습니다."

"앉으시죠."

최강철이 자연스럽게 상석에 앉으며 손을 내밀었다.

본론부터 들어가자는 시늉이었다.

오늘은 김도환도 아예 농담을 꺼내지 않고 서류부터 꺼내

들었다.

"그럼 지시하신 내용을 보고드리겠습니다. 먼저 서병진과 서병탁에 대해서 말씀드리겠습니다."

"그러세요."

"그들의 회사 운영 방식은 완전히 독재더군요. 회사의 참모들이 제대로 의견을 내놓지 못하고 있습니다. 정동에서 그들은 왕이나 다름없는 존재들입니다. 노조는 아예 발을 붙이지 못하고 있습니다. 노조 결성 시도가 몇 번 있었지만 그때마다 전부 잘라 버리는 바람에 엄두조차 내지 못하는 분위깁니다. 한마디로 서병진, 그 인간은 쓰레깁니다. 정동에서 일하는 사람들을 전부 머슴 취급하더군요."

"다른 건요?"

"사생활도 굉장히 난잡한데 둘 다 세컨드를 두고 있습니다. 아예 살림을 차려준 거죠. 그건 그렇다 쳐도 예쁜 여자들만 보면 무조건 잡아먹더군요. 탤런트, 가수, 영화배우, 모델 등 가리지 않습니다. 더군다나 술과 도박도 무척 좋아합니다."

"한마디로 개차반들이란 뜻이죠?"

"그렇습니다."

"회사는 제대로 돌아가고 있습니까?"

"전임 회장이 워낙 탄탄하게 운영했기 때문에 아직까지는 괜찮지만 곧 흔들리기 시작할 겁니다. 주력인 정동건설이 몇 년 전부터 적자를 보기 시작했고 나머지 계열사들도 시장 경쟁력에서 밀리고 있습니다. 서병진의 경영 방식이 무섭게 변하는 시장을 따라가지 못하면서 발생한 일입니다. 그리고 문어발식 기업 확장도 한몫하고 있어요. 서병진은 능력에 비해 욕심이 많은 놈입니다. 재계 서열을 끌어 올리겠다는 욕심 때문인지 작년과 올해, 2개의 기업을 인수했는데 그 과정에서 은행 빚을 1,500억이나 썼습니다. 정동이 흔들리는 결정적인 이유는 바로 그것입니다."

"지주회사가 정동건설입니까?"

"예, 회장님. 정동건설이 나머지 계열사들의 지분을 확보하고 있습니다. 정동건설은 서병진이 지분율을 21% 가지고 있으며 동생인 서병탁이 6%, 서영숙이 3%를 보유하고 있습니다. 그들 일가의 지분은 전부 합쳐 30%입니다."

"지금 정동의 주가는 얼마죠?"

"5,800원입니다. 하지만 계속 떨어지고 있는 중입니다."

"서병진이란 인간은 어리석군요. 하지만 저를 건드릴 정도로 바보는 아니라고 생각하는데 사장님 생각은 어떻습니까?"

"저도 그게 이해가 되지 않았습니다. 총수가 되어 기업을 운영한 지 벌써 15년째입니다. 그런 자가 회장님을 상대로 일을 벌인다는 건 상식적으로 생각할 수 없는 일이죠."

"그런데도 그런 무모한 짓을 했다면 이유가 있겠군요?"

"저 역시 그렇게 생각하고 있었습니다. 분명 다른 이유가 있을 겁니다. 서지영 씨가 한국에 들어오는 걸 극도로 싫어하는 게 우리가 생각한 이유라면 그것만으로 충분한 설명이 되지 않습니다. 어차피 유산 문제는 시간이 워낙 오래됐으니 끝난 거나 다름없으니까요."

"조금 더 알아봐 주세요. 왠지 찜찜하군요."

"더 파보겠습니다."

"다음은요?"

"서길영의 고문변호사 말씀이시죠?"

"그 사람에 대해서 알아봤나요?"

"이철성이란 사람입니다. 검찰 출신으로 서울지검장을 역임하고 은퇴했습니다. 서길영이 죽은 다음 그자의 통장 내역을 확인했더니 10억이란 거액이 한꺼번에 들어온 게 발견되었습니다."

"어디서 들어온 거죠?"

"마원석입니다. 정동의 기획실장으로 서병진의 오른팔입니다."

"결국 서병진이 줬단 뜻이군요."

"그렇습니다."

김도환이 고개를 끄덕여 동의를 표했다.

구태여 자세하게 말할 필요가 없다. 이미 최강철은 돈이 오고 간 이유에 대해서 대충 짐작을 하고 있을 테니 말이다.

"정상적인 방법이 통하지는 않을 겁니다."

"당연하죠. 그런 새끼들이 좋은 말로 했을 때 알아 처먹겠습니까. 똥개들한테는 몽둥이가 약입니다."

"맡기겠습니다. 지영 씨가 받아야 할 유산이 얼마였는지 알아내시고 어렵겠지만 받아낼 방법이 있는지 확인하세요."

"그렇게 조치하겠습니다."

최강철은 제우스에서 나와 곧장 마이다스 CKC의 한국 지부로 향했다.

신규성은 일주일에 한 번 꼴로 회사 운영에 관한 내용들을 보고했기 때문에 자산의 변화는 정확하게 알고 있었다.

마이다스에 투자된 초기 투자 비용 400억이었으나 삼성 주식을 확보하기 위해 미국 마이다스 본사에서 1억 달러를 추가로 끌어와 총자본은 1,200억이 되었다.

그 1,200억이 벌써 2,500억을 넘고 있었다.

신규성은 자신의 운영 노하우를 최대한 살려 주식에 투자한 돈을 배 이상 불려났고, 부동산도 워낙 강남의 노른자위를 차지했기 때문에 전부 2배 이상 오른 상태였다.

더군다나 신규성은 자신의 인맥을 동원해서 최고의 실력자들을 계속 스카우트했는데 직원 숫자가 벌써 70명을 넘어서고 있었다.

그가 들어서자 신규성의 얼굴에서 웃음이 흘러나왔다.

가급적 회사에 오지 않던 최강철이 오랜만에 들어서자 그는 반가움을 숨기지 않았다.

"그렇지 않아도 모실 생각이었습니다. 회장님께 상의드릴 일이 있거든요."

"뭘까요. 갑자기 그렇게 말씀하시니까 겁이 덜컥 나는데요."

"건설부에서 국토 개발 종합 계획이 나왔습니다. 그중 고속도로를 포함한 간선도로망 계획이 들어있는데 그 양이 엄청납니다. 향후 SOC 사업에 천문학적인 돈이 배정될 것 같습니다."

"그래서요?"

"회장님, 우리는 건설회사에 투자해야 합니다. 마이다스에서 건설회사를 하나 잡기만 하면 대박이 터질 겁니다."

"얼마나 되기에 사장님이 그렇게까지 말씀하시는 거죠?"

"고속도로와 국도, 지방도까지 나온 것만 해도 수십조가 소요됩니다. 더군다나 본격적으로 주택 시장이 형성되고 있습니다. 아파트 건설까지 감안한다면 상상조차 하지 못할 시장이 형성될 거예요."

"기회군요."

"회장님께서 생각하고 있는 일들을 추진하기 위해서는 엄청난 자금이 필요합니다. 삼성전자로서는 그 돈들을 충당할 수 없어요. 삼성전자는 시간이 필요하지만 건설사는 그렇지 않습니다. 황금 알을 펑펑 쏟아내는 거위가 될 겁니다. 건설사들의 주가는 현재 바닥을 기고 있습니다. 우리가 보유한 자금으로 충분히 잡아먹을 수 있습니다."

"나는 삼성전자 주식을 팔지 않을 겁니다."

"왜요?"

"조금 더 기다려야 되거든요. 대신 본사에서 자금을 끌어오겠습니다. 건설사를 사는 데 얼마나 필요하겠습니까?"

"규모에 따라 다릅니다."

"정동은요?"

"정동건설 말씀입니까?"

"그렇습니다."

"정동 정도라면 1,000억이면 충분합니다. 거긴 지금 상당한 부채에 시달리고 있기 때문에 더 쳐낼 수 있을지도 모릅니다."

"아뇨, 우린 그만한 돈을 들이지 않고 정동을 먹을 수 있습니다."

"무슨 말씀이신지……?"

"정동의 주가를 박살 내십시오. 현재 정동의 주가는 5,800원입니다. 이걸 1,000원대로 떨어뜨리면 정동은 무너집니다. 더불어 6개월 정도 수주가 되지 않도록 막아놓겠습니다. 어때요, 가능하겠죠?"

"그렇다면 충분합니다. 대신 삼성전자를 팔지 않는다면 300억정도가 더 필요할 것 같네요. 지금 부동산을 팔 수는 없으니까요."

"정동건설은 산업 은행에 470억의 빚이 있고 계열사도 전부 은행에 빚이 깔려 있습니다. 아마 그 정도만 되면 부도까지 몰리게 될 거예요. 정동건설을 시작으로 차근차근 나머지 계열사들을 우리 수중에 넣으십시오."

"아예, 정동 자체를 인수하실 생각인가요?"

"그렇습니다. 정동건설을 시작으로 이참에 아예 정동을 먹어버릴 생각입니다."

"후우… 제가 생각한 판보다 훨씬 크군요."

"우리나라도 이제 세계 최고의 기업이 하나쯤 있어야 된다고 생각했습니다. 나는 정동을 그렇게 만들어볼 생각입니다."

"정동을 선택한 이유가 제가 말씀드린 것 때문입니까?"

"아닙니다."

"그럼요?"

"정동이 무너져 한국 경제가 휘청거리는 걸 미리 막기 위해서입니다. 그냥 두면 저절로 무너지겠지만 결국 사회에 커다란 파장을 일으킬 겁니다. 그 인간이 하는 짓을 보면 그러고도 남을 놈입니다."

"서병진을 말씀하시는 거군요. 정동의 서병진은 업계에서도 유명한 놈이죠. 알겠습니다. 회장님 말씀대로 정동건설을 무너뜨리는 건 6개월이면 충분할 겁니다. 추가 수주가 되지 않고 주가가 완전히 곤두박질치면 채권단에서 자금회수에 들어갈 테니까요. 모든 과정을 끝내는 것까지 감안해도 1년이면 끝낼 수 있습니다."

"그 기간 동안 나머지 계열사까지 모두 한꺼번에 정리하십시오. 우리에겐 시간이 많지 않습니다."

"걱정하지 마십시오."

*　　　　　*　　　　　*

프레스 센터에 여당의 3선 국회의원 우정원을 비롯해서 이병웅, 민윤기 등 10명의 국회의원이 들어서자 장내가 술렁거리기 시작했다.

4차로 9명의 의원이 합류하면서 원내교섭단체의 지위를 확보한 대한정의당은 마지막 괴력을 발휘하며 또다시 10명의 의원을 입당시켰다.

이 정도면 폭탄이 터진 것과 다름이 없었다.

단숨에 제3당의 지위를 확보한 대한정의당은 스타 의원들도 득실댔기 때문에 모든 언론의 관심을 한 몸에 끌어모았다.

특히 오늘 입당하는 국회의원들은 10명 중 8명이 집권당과 제1야당 소속 의원들이었기 때문에 그 파괴력이 훨씬 컸다.

총인원 32명.

기존의 정당 중 28석을 차지하고 있던 국민당이 재벌 총수의 힘에 의해 탄생한 정당이었다면 대한정의당은 순수한 의원들의 결집체였다.

국민당은 상당수의 국회의원을 보유하고 있었지만 재벌 총수가 대통령에 낙선하면서 정계를 은퇴했기 때문에 지금도 계속 탈당 러시가 벌어지고 있는 중이었다.

철새들의 집합체의 생명력은 오래가지 못하는 법이기 때문이었다.

대한정의당의 당 대표 정우석의 소개로 의원들이 차례대로 소개되면서 기자들과 인터뷰가 진행되었다.

의원들의 말은 미리 짜놓은 것처럼 대동소이했다.

단 하나의 명분.

그것은 바로 국가와 민족을 우선하는 정치를 하겠다는 것뿐이었다.

창당을 선언했던 정우석부터 입당을 했던 국회의원들 32명이 전부 같은 말을 했던 것이다.

당리당략은 없다는 것이 대한정의당의 신념이었다.

당은 국가를 위해 존재해야 된다는 것이 그들의 생각이었고 국민들을 지배하는 것이 아니라 진정으로 존경하며 모시는 정치를 하겠다는 약속.

그 약속에 국민들이 환호를 보냈다.

대한정의당에 소속된 국회의원들이 면면은 그만큼 국민들에게 신뢰를 줄 만큼 대단했기 때문이다.

정우석이 창당을 한다고 했을 때 겨우 10명 남짓 모였던 기자들의 숫자는 지금 거의 50여 명이 몰려든 상태였다.

신문기자들뿐만 아니라 양대 방송국이 전부 몰려왔다.

그만큼 대한정의당에 대한 국민들의 관심이 뜨거웠기 때문이다.

조선일보의 한규복은 입당하는 국회의원들의 인터뷰가 전부 끝나고 정우석의 선창 아래 깨끗한 정치를 다짐하는 선언이 이어지자 옆에 있던 중앙일보의 선병일에게 불쑥 입을 열었다.

"갈수록 태산이란 말이 이런 데서 나온 모양이다. 선 기자, 너는 왜 이런 일이 벌어졌다고 생각하냐?"

"네 생각부터 말해. 간 보지 말고!"

"난 당최 모르겠으니까 물어보는 거 아니냐. 정말 모르겠다. 이게 뭔 일인지."

"그럼 우리 천천히 하나씩 생각해 보자. 먼저 정우석. 정 의원이 과연 저 사람들을 전부 포용할 수 있는 능력이 있었던 걸까?"

"그건 절대 아냐. 정치는 돈이다. 그리고 대권이지. 정우석 의원은 똑똑하고 정치적 신념이 있지만 돈과 세력이 없었어. 그런 사람이 창당한 것 자체가 불가능한 일이야. 정 의원은 독고다이였잖아!"

"크크크… 그럼 저 사람들은 뭐야?"

"정치적 소신?"

"개똥 싸는 소리 하지 마라. 우리나라 정치인들이 소신 하나 가지고 어떻게 살아남아. 돈이 없으면 정치는 한낱 공염불이나 다름없는 게 우리나라 정치 현실이다."

"저 사람들이 언제 돈 가지고 정치한 사람들이냐. 대한정의당이 괜히 스타들의 집합소라고 하겠어. 내가 봤을 때 우리나라에서 정치하는 자들 중에서 제일 깨끗하다는 사람들이 전부 몰려들었잖아. 충분히 가능한 일이야. 저 사람들은 인터뷰 때 말한 것처럼. 정치적 소신 때문에 몰려든 것일 수도 있어. 너도 알다시피 우리나라 정치는 썩을 대로 썩었잖아. 그 똥 냄새 가득한 곳에서 벗어나고 싶었던 건 아닐까?"

"언뜻 들으면 그럴 수도 있겠다 싶겠지만 절대 아니야. 정치인들의 가장 큰 목표가 뭔지 알아. 바로 대통령이 되는 것이다. 그러기 위해서는 차기 국회의원 선거에서 살아남아야겠지. 떨어지면 그날로 병신 되는 거니까. 그럼 국회의원이 되려면 어쩌야 되겠어. 그나마 괜찮은 의원들이 다 몰렸지만 저 사람들도 살아남는 게 가장 큰 과제라고. 그런데 돈이 한 푼도 없는 대한정의당에 마치 약속한 것처럼 가담을 했어. 뭔가 이상하지 않아?"

"그래서, 넌 뒤에 뭐가 있다는 거냐?"

"당연하지."

"그게 뭔데?"

"지금부터 알아볼 생각이다. 과연 저 개성 있는 정치인들을 한군데로 끌어모은 저력이 뭔지 말이야."

"음……."

한규복의 입에서 신음이 흘러나왔다.

맞다. 선병일이 내놓은 논리들은 정치에서 절대 변할 수 없는 진리였다.

정치란 개똥밭에서 구르는 참외들처럼 저절로 사람을 변하게 만드는 마력이 있었다.

　처음에는 정의감에 똘똘 사로잡혀 있던 정치인들도 정치 세계에서 몇 년만 구르면 그 나물에 그 밥이 되는 것도 정치가 가지고 있는 더러움이 그만큼 대단하기 때문이었다.

　궁금했다.

　과연 저들을 하나로 묶어버린 그 배경이 무엇인지.

　"같이하자. 우린 어차피 한 몸이잖아."

　"당연히 같이해야지. 보통 일이 아닐 테니 각오 단단히 해야 될 거야."

　"지금부터 정치판이 재밌겠어. 과연 대한정의당이 그동안 지속되어 온 정치판의 틀을 깰 수 있을까?"

　"어려울 거다. 정치는 구심점이 있어야 해. 지금 대한정의당에 입당한 사람들은 전부 국민들한테 인기가 있지만 커다란 한 방이 없단 말이지. 의석수가 32석이지만 그것 가지고 뭘 할 수 있겠어. 기껏 견제 역할만 할 수 있을 뿐이야. 대한정의당이 살아남으려면 결국 차기에 대권을 잡거나 다음 총선에서 제1야당으로 올라서야 돼. 하지만 영남과 호남으로 나뉜 우리나라 정치판에서 그게 가능하겠어?"

　"넌 그럼 저 사람들 생명을 3년으로 보는 거냐?"

　"다른 뭔가가 없다면 그럴 거다. 저 사람들은 무소속도 꽤 있지만 반 이상이 기존 정당에서 지역을 등에 업고 된 사람들이야. 무슨 뜻인지 알지?"

"과연 그럴까?"

"넌 생각이 다르다는 뜻이냐?"

"응, 달라. 3달 가까이 대한정의당을 취재하면서 이상한 생각이 들어."

"어떤 생각?"

"저 사람들로 인해 대한민국 정치판이 완전히 바뀔 것 같다는 생각이 든단 말이다. 어쩌면 그건 내 바람일 수도 있어. 우리도 이젠… 군사독재의 잔재에서 벗어날 때가 되었잖아. 친일, 친미, 친중 이 더러운 자들도 완전하게 청산해야 돼. 씨발, 너도 봤잖아. 민감한 사안이 발생할 때마다 지랄들 떨면서 중구난방으로 사분오열되는 거. 그게 전부 다 그런 새끼들 때문이야. 우린 우리나라를 위해 일하는 국회의원들이 필요해. 난 그렇게 되기를 간절히 바란다."

*　　　　　*　　　　　*

이창래는 보도 본부장으로 올라섰다.

스포츠국에서 보도 본부장이 된다는 것은 MBC 개국 이래 처음 있는 일이었다.

보도 본부는 보도국 아나운서 출신들이 주류를 이루며 계속 본부장 자리를 꿰찼는데 금번 인사에서 이창래는 사람들의 예상을 깨고 보도 본부장으로 임명되었다.

그 배경에는 최강철이 있었다.

최강철은 이창래가 보도 본부장으로 올라설 수 있도록 자신이 가지고 있는 인맥을 전부 동원했다.

물론 그동안 이창래가 MBC에 공헌한 실적이 상당했기에 가능한 일이었다.

아무리 도움을 준다 해도 본인이 자격이 없다면 그건 청탁이었고 바람직하지 않은 일이다.

최강철이 이창래를 만난 것은 5월 중순 무렵이었다.

이창래가 보도 본부장에 취임한 지 한 달이나 지났을 때였다.

사람은 자신이 출세를 했을 때 누구보다 그 배경에 무엇이 있었는지 먼저 체크한다.

더군다나 보도 본부장이란 자리는 방송국에서 별을 다는 것이나 다름없는 것이었으니 누군가의 도움이 없다면 불가능한 일이었다.

기존의 보도 본부장들 역시 마찬가지였다.

누군가는 장관의 빽으로, 누군가는 집권당 국회의원의 강력한 힘을 등에 업고 별을 달았다.

하지만 그는 보도 본부장에 오를 욕심이 전혀 없어 아무런 짓도 하지 않았기 때문에 더욱 궁금했다.

배후를 파악하는 건 그리 어려운 일이 아니었다.

자신을 보도 본부장에 오르게 만든 사람들이 먼저 그 이유를 알려주었기 때문이다.

최강철. 도대체 자신은 최강철과 전생에 무슨 인연이 있었던 걸까.

"어쩐 일이냐. 그렇게 술 사겠다고 수없이 전화를 해도 꿈쩍 않던 놈이. 무슨 바람이 불어서 여기까지 왔어?"

"부탁 좀 드리려고 왔죠. 제가 형님 보러 그냥 올 리가 있겠습니까."

"어이구, 지랄아. 그래, 뭔데?"

"형님, 보도 본부장 된 기념으로 저 좀 홍보해 주세요."

"얼씨구, 널 모르는 사람이 누가 있다고 홍보를 해. 말이 되는 소리를 해라."

"제가 고아원 운영하는 거 아시죠?"

"알지, 그런데 왜?"

"돈은 많이 들어가는데 좋은 일 하는 거에 비해서 얻는 게 별로 없어요. 방송국에서 보도해 주지도 않고요. 너무 억울합니다."

"그래서?"

"시사초점에서 집중적으로 취재해 주세요. 그리고 제가 직접 방송국에 나가서 인터뷰를 하게 해주십시오."

"네가 직접 방송국에 나오겠다고?"

"안 됩니까?"

안 되긴 왜 안 돼, 이 자식아!

이런 말이 목구멍까지 올라오는 걸 간신히 참았다.

이놈이 또 무슨 짓을 벌이는 걸까라는 의문이 들자 올라오는 기쁨이 간신히 잦아들었다.

혹시 선물?

자신이 보도 본부장에 올랐으니 그 기념으로 방송국에 출연하겠다는 것일 수도 있겠다.

"그거 혹시 내가 오늘 밥 사주는 거에 대한 보답이냐?"

"그럴 리가요."

"그럼 뭔데?"

"말했잖아요. 좋은 일 하고 칭찬 못 받는 게 억울해서 그렇다니까요."

"장난치지 말고!"

"정말입니다."

"너, 정치할 생각이냐? 그래서 미리 멍석부터 깔아놓는 거야?"

"아닙니다. 그런 오해 하신다면 부탁한 거 거둬들이겠습니다."

"이 자식아, 그냥 해본 소리다. 술이나 마셔!"

　MBC의 시사초점에서는 최강철이 운영하는 22개의 고아원에 대해 심층취재를 하면서 깜짝 놀랐다.

　과연 고아원이 맞는지 믿기지 않을 만큼 시설이 훌륭했고 관리 체계가 너무나 훌륭했기 때문이다.

　1년 운영비가 무려 120억이 소요되었으니 장학 재단을 운영하는 것까지 감안한다면 최강철의 파이트머니는 대부분 다 여기에 들어갈 수밖에 없다.

　물론 독지가들과 정부, 관련 단체의 지원이 있었지만 대부분의 비용은 최강철로부터 나오고 있었다.

　이창래의 지시로 MBC는 이례적으로 시사초점에 대한 예고방송을 10차례나 때렸다.

　일요일 11시에 방송되는 시사초점에 이런 예고방송을 때린 건 당연히 최강철이 출연한다는 특수성 때문이었다.

　어떤 프로그램이라도 최강철이 나오는 순간 시청률이 최소 50% 이상은 기록한다.

　시사초점의 앵커 허경환은 벌써 5년째 프로그램을 진행하고 있었는데 시사초점의 콘셉트가 사회의 부조리나 문제점을 다루는 것이기 때문에 막상 최강철이 운영하는 고아원과 장학 재단에 관한 내용을 진행하면서 목소리의 톤을 바꿀 수밖에 없었다.

오랜만에 좋은 이야기를 방송했기 때문에 그의 목소리는 솜사탕이 굴러가는 것처럼 부드러웠다.

더군다나 스튜디오에 나온 사람이 국민 영웅 최강철이었으니 더욱더 그럴 수밖에 없었다.

그의 입에서 나온 음성은 평소 프로그램을 진행하면서 보여주었던 날 선 목소리가 아니었다.

허경환은 고아원의 시설들과 장학 재단에 대한 소개를 하면서 스튜디오에 나온 최강철과 이야기를 주고받으며 프로그램을 진행했다.

시설에 관한 것들과 관리 체계 등등 궁금한 것들을 최강철에게 물어보는 방식이었다.

시사초점 측에서는 고아원과 장학 재단의 설립 과정부터 꼼꼼하게 취재했기 때문에 전 과정이 일목요연하게 비춰졌다.

그리고 마지막 순간 허경환은 최강철이 부탁했던 질문을 했다.

그는 최강철이 직접 스튜디오에 나온다는 말을 들었을 때 고개를 갸우뚱거리며 의아함을 감추지 못했다.

지금까지 시사초점에서는 취재기자들과 이야기를 나누었지 직접 당사자를 출연시킨 적이 없었기 때문이다.

더군다나 그의 선행을 보도하는 자리였기 때문에 슬쩍 의심까지 들었다.

아무리 좋은 일을 해도 남들이 알아주기를 바란다는 건 결코 좋은 인상을 남기지 않는다.

하지만 허경환은 그가 오늘 출연한 이유를 알게 된 후 그런 의심을 가진 것에 대한 부끄러움을 느꼈다.

"여기까지 최강철 선수가 운영하고 있는 복지시설과 장학재단에 대해 알아봤습니다. 남들이 할 수 없는 일을 하는 최강철 선수에게 진심으로 존경한다는 말씀을 드리고 싶습니다."

"감사합니다."

"최강철 선수, 마지막으로 국민들께 드리고 싶은 말씀이 있다면서요. 말씀하십시오."

"제가 오늘 방송국 스튜디오에 나온 것에 대해서 궁금해하신 분들이 계실 겁니다. 제가 여기 나온 것은 잘했으니 칭찬해 달라고 나온 게 아닙니다. 저는 그렇게 얼굴이 두꺼운 사람이 아니거든요. 미리 앵커분께 그렇게 말씀해 달라고 부탁했는데 허경환 앵커께서 잠시 잊어버린 것 같습니다."

"아이고, 죄송합니다. 제가 나이를 먹다 보니 잠시 깜빡한 것 같습니다. 그럼 그 이유에 대해서 말씀해 주십시오."

"제가 이 자리에 나온 것은 국민 여러분, 특히 청소년과 젊은이들에게 부탁드리고 싶은 것이 있기 때문입니다. 여러분, 생명은 소중한 것입니다. 여러분이 한순간 실수를 저질러 태어나 버림받은 생명은 죽을 때까지 고통 속에서 살아가게 됩니다. 이전 화면에서 보신 것처럼 대부분의 고아는 허기와 정에 굶주려 결국 문제아로 성장하며 사회에 커다란 문제를 일으키고 있습니다. 과연 이것이 그들의 잘못일까요. 그들은 아무런 잘못이 없습니다. 철없는 짓으로 생명을 잉태하고 버린 우리들 잘못입니다. 여러분, 우리 모두는 부끄러워해야 합니다. 저는 우리 사회가 이런 잘못으로 인해 저 작은 아이들을 불행 속으로 몰아넣지 않기를 간절히 바랍니다. 건강한 대한민국을 위해서, 그리고 건강한 사회를 만들기 위해 여러분이 조금만 더 노력해 주시기를 부탁드립니다."

*　　　　　*　　　　　*

텔레비전을 보던 황병삼은 최강철이 출연한 시사초점을 보다가 길게 한숨을 흘려냈다.

처음에는 색안경을 끼고 봤다.

최강철의 선행은 이미 여러 언론을 통해 알려졌기 때문에 굳이 잘난 체하기 위해 텔레비전에까지 나오는 게 마땅치 않았던 것이다.

자신은 가진 게 별로 없어 남을 돕지 못하는데 최강철은 천문학적인 돈을 벌기 때문에 가능하다는 편협한 마음이 그런 생각을 갖게 만들었을 것이다.

고등학교에 다니는 아들과 딸은 최강철이 나온다는 것만 가지고도 전혀 보지 않던 시사초점을 보기 위해 거실로 몰려들어, 전 가족이 옹기종기 모여 텔레비전을 시청했다.

처음에 가졌던 편협한 마음은 시간이 지날수록 점점 부끄러움으로 가득 차기 시작했다.

화면에 나오는 건물들은 고아원이라고 보기 어려울 만큼 훌륭한 시설들이었고 그 대부분이 최강철로부터 지원되고 있다는 게 상세하게 나왔던 것이다.

어이가 없었다.

아무리 많은 돈을 버는 최강철이라 해도 가진 것을 털어 남을 돕는다는 게 얼마나 어려운 일이란 말인가.

그보다도 훨씬 더 많은 걸 가진 재벌들은 자식들에게 재산을 물려주기 위해 눈에 불을 켜는데 최강철은 번 돈을 전부 털어 자신과 전혀 상관없는 아이들을 향해 쏟아붓고 있었다.

신문이나 방송을 통해 개략적으로 알고 있던 것과 너무나 다른 내용이었기에 그가 받은 충격은 상당히 클 수밖에 없었다.

그러나 그 충격은 최강철의 마지막 부탁을 듣는 순간 감동으로 변했다.

이것이었구나.

그동안 텔레비전에 얼굴을 비추지 않던 최강철이 일부러 출연을 한 이유가 대한민국의 젊은이들에게 호소를 하기 위했음을 아는 순간 그는 화면에서 시선을 떼지 못하고 연신 헛기침을 쏟아냈다.

"으이구, 정말 바보 같은 놈들이야. 아무리 철이 없기로서니 어떻게 저런 짓을 할 수 있어. 아이를 낳고 버리는 건 정말 커다란 죄악이야. 강철이 말이 백번 맞아. 안 그래, 여보?"

"그럼요, 당연하죠. 요즘 애들은 생명에 대한 인식이 너무 없어요. 지들 때문에 아무런 죄도 없는 아이들이 평생 동안 고통 속에서 살아간다는 걸 왜 모를까요."

"어른들 생각도 바꿔야 해. 유교문화에 젖어서 결혼하지 않고 그런 짓을 하면 범죄자 취급을 해왔잖아. 무엇보다 성교육이 중요하다니까. 정부에서 나서서 적극적으로 가르쳐야 한다고."

"맞아요, 맞아!"

윤미순이 남편의 말에 맞장구를 치며 거품을 물었다.

그녀는 프로그램이 방송되는 동안 순진한 눈망울로 찾아온 사람들을 반기는 아이들을 보면서 여러 번 눈물을 글썽거렸다.

황병삼의 눈이 돌아간 것은 아들과 딸이 멍하니 앉아 마지막 인사를 하고 있는 최강철을 보고 있을 때였다.

"니들도 강철이 이야기 들었지? 고등학생들도 사랑을 할 수 있어. 하지만 저렇게 불쌍한 아이들을 만들지 않기 위해서는 책임감을 가져야 하는 거야. 무슨 뜻인지 알겠니?"

"저는 저런 짓 절대 안 해요."

"이 자식아, 아빠는 개방된 사람이야. 사랑은 해도 돼. 젊은 애들도 사람인데 왜 사랑을 하고 싶지 않겠어. 하지만 조심해야 된다는 걸 말하는 거야. 아이는 결혼했을 때 가져야 된단 뜻이라고. 지금 강철이가 말하는 게 그런 거잖아!"

*　　　　　*　　　　　*

최강철이 시사초점에서 사회에 던진 파장은 컸다.

각종 단체가 최강철의 선행에 동참했고 캠페인을 벌이며 청소년들의 건강한 성 문화 조성에 대한 토론회를 열었다.

언론이 그 뒤를 따랐다.

언론은 최강철의 프로그램이 끝난 후부터 고아원의 실태에 대해 집중취재 하며 고아들의 삶이 얼마나 고되고 힘든지에 대해 보도했다.

정부도 가만있지 않았다.

국정 홍보실에서는 최강철을 홍보대사로 임명한 후 대국민 홍보에 열을 올렸고, 교육부에서는 성교육을 강화시키며 콘돔 사용을 권장하는 내용까지 교육 내용에 포함시키는 걸 검토했다.

그동안 성교육이 없었던 것은 아니었으나 형식에 치우쳐 효과를 볼 수 없었던 것과 달리 새롭게 추진되는 내용들은 한국 사회에서 보기 힘들 정도로 파격적인 내용들이 논의되었다.

하지만 현실적이고 효율적인 내용들이었다.

오직 공부만 강요하며 청소년들을 압박했던 사회적인 분위기를 전환시키는 계기.

그것은 최강철의 방송 출연으로부터 시작되고 있었다.

*   *   *

이철성은 서울지검장 출신으로 나이가 78세였다.

그에게는 두 명의 아들이 있었는데 아버지를 닮지 않았던지 고등학교만 졸업한 후 사업을 한다고 덤벼들었다가 여러 번 망하고 지금은 동네에서 피자집과 치킨집을 운영하고 있었다.

화려했던 시절은 지나고 고난의 시간들이 다가왔다.

이철성은 젊은 시절 검찰에서 가장 잘나가는 검사였고 서울지검장을 끝으로 은퇴 후에도 변호사로 활동하며 거액의 돈을 벌어들였다.

검찰의 전관예우는 특별했고 그는 그 관행의 덕을 톡톡히 보면서 상당한 재산을 축적할 수 있었다.

하지만 인생은 언제나 밝음과 어둠이 상존하는 법이다.

아들놈들이 번갈아 가며 사업을 한다고 돈을 뜯어가는 바람에 그 많던 돈이 슬금슬금 빠져나갔다.

노후를 생각해서 더 이상 주지 않기 위해 노력했으나 자식을 이기는 부모가 없다는 진리를 실감하며 마지막으로 남았던 아파트까지 처분하고 말았다.

화려했던 시절.

그 영광스러웠던 순간은 파고다공원에서 하릴없이 거니는 그에게는 끝없는 고통의 기억들이었다.

걷다가 힘들어 벤치에 앉아 비둘기를 바라보았다.

아내는 오래전 세상을 떠났기 때문에 그는 홀로 비둘기를 바라보며 부러운 시선을 보냈다.

아내라도 살아 있다면 이 고통이 덜했을 거라는 생각.

언제나 자신을 믿어주며 의지했던 아내는 두 아들이 번갈아 가며 속을 썩일 때부터 시름시름 앓더니 기어코 허망하게 세상을 떠나 버리고 말았다.

그게 벌써 8년 전의 일이었다.

여러 마리가 모여 먹이를 주워 먹는 비둘기의 모습이 더할 나위 없이 다정해 보였다.

아들놈들은 돈이 필요할 때만 미친놈들처럼 찾아오더니 더 이상 나올 구멍이 없자 발길을 끊은 지 오래였다.

이렇게 될 줄은 몰랐다.

자신이 살아왔던 화려한 삶이 이렇게 몰락의 길을 걷게 될 줄은 상상조차 하지 못했다.

마지막 담배 연기를 하늘로 날려 보내며 꽁초를 주머니에 집어넣을 때 말쑥한 양복을 입은 자가 다가오는 게 보였다.

"안녕하세요, 영감님. 혹시 이철성 변호사라는 분을 아시나요?"

"당신 누구요?"

이철성이 사내의 얼굴을 빤히 쳐다보며 되물었다.

지금은 궁핍하게 살고 있지만 과거의 그는 뛰어난 감각으로 각종 범죄를 해결하는 데 탁월한 능력을 발휘하던 사람이었다.

한눈에 알 수 있었다.

사내의 질문이 자신을 몰라봤기 때문에 던진 것이 아니라는 걸.

"변호사님, 제가 식사를 대접해도 되겠습니까? 여기서 가까운 곳에 싱싱한 회를 파는 곳이 있더군요. 거기서 소주 한잔 하시죠?"

이자는 누굴까.

사람이 자신을 찾아오지 않은 게 벌써 10년도 넘었다.

그가 누군지 모르겠지만 회를 먹으러 가자는 말에 저절로 군침이 돌았다.

회를 먹어본 것도 10년은 넘은 것 같았다.

이 사내가 누구든 상관없다. 이제 죽을 날이 얼마 남지 않았으니 지금 삶보다 더 나쁜 일이 생길 리는 만무했다.

"술을 사주겠다니 고맙구려. 갑시다."

김도환은 허겁지겁 회를 집어 먹는 이철성에게 연신 술을 따라주었다.

미리 보고를 받았지만 막상 만나 보니 더욱 초라해 보였다.

사람의 인생은 오르막과 내리막이 반복된다지만 이철성의 인생은 더 이상 추락할 곳이 없어 보였다.

그럼에도 그가 살아온 삶의 흔적은 곳곳에서 보였다.

"자, 이제 회도 다 먹었고 술도 어지간히 되었으니 젊은이가 나를 찾아온 이유를 말해봐요. 뭣 때문에 나를 찾아왔지?"

"정동 때문에 왔습니다. 영감님께서 정동의 고문변호사였더 군요."

"맞아, 서길영 회장이 있었을 때 내가 그곳에서 5년 동안 일했지. 하지만 그 양반이 죽은 다음에 떠났어. 그런데 왜 그러는가?"

"왜 그러셨습니까?"

"허허… 뜬금없구만. 왜 정동을 떠난 건지 묻는 거야?"

"그렇습니다."

"그야…….'

이철성이 말을 하다가 중간에서 멈췄다. 무언가 낌새가 이상했기 때문이다.

"자네가 그걸 왜 묻지?"

"영감님은 서병진에게 10억을 받으셨더군요. 그 당시로 따지면 엄청난 거액이었습니다. 그자는 독사 같은 놈입니다. 그런 놈이 영감님께 그런 돈을 준 이유가 뭐죠?"

"내가 왜 그걸 자네에게 말해야 하지?"

이철성의 눈이 빛났다. 역시 예감은 틀리지 않는다.

그럼에도 그는 냉정함을 잃지 않고 김도환을 노려봤다.

"영감님께서는 서길영 회장의 유언장을 없애고 다른 유언장을 작성해서 서병진과 그 동생들이 정동을 날로 먹도록 도와줬습니다. 그 대가로 10억이란 거액을 받으셨고. 그렇지 않습니까?"

"이 친구가 밥 한 끼 사주더니 말도 안 되는 소릴 하는구만."

"그래서 살림살이가 좋아지셨습니까? 그 결과가 이렇게 사는 거냔 말입니다."

"난 그만 일어나겠네."

이철성이 주섬주섬 자리에서 일어나려고 하자 김도환의 목소리가 차갑게 변했다.

"앉으십시오. 지금 일어나시면 후회하게 될 겁니다. 우린 영감님을 다치게 하지 않습니다. 대신 두 아들이 지옥을 구경하게 될 테지요. 그걸 원한다면 그냥 가서도 됩니다."

"협박인가?"

"그렇습니다. 그리고 사실이기도 합니다."

"그런다고 내가 말을 할 것 같나?"

"진실을 말씀해 주신다면 영감님께 1억을 드리겠습니다. 그리고 놈들이 가로챈 재산을 되찾을 수 있는 방법을 말씀해 주시면 거기에 10억을 더 드리죠."

"음……."

"잘 결정하십시오. 제안을 거부하신다면 저는 이만 돌아가겠습니다. 그러나 곧 다른 사람들이 두 아드님을 찾아갈 겁니다. 아마 그리되면 지금의 이 결정이 얼마나 뼈저리게 후회스러운 것이었는지 알게 될 겁니다."

"정말 그 돈을 줄 텐가?"

"저는 반드시 약속을 지킵니다."

김도환이 술을 따라주자 이철성의 입에서 천천히 과거의 기억들이 새어 나오기 시작했다.

서길영 회장이 죽은 후 공개된 유언장을 확인한 서병진과 동생들은 그에게 악마의 유혹을 보내왔다.

양심이 꺼려졌으나 고민은 오래가지 않았다.

그만큼 그들의 유혹은 그의 마음을 움직일 정도로 달콤했다.

서길영 회장이 남긴 원래의 유언장은 정동건설 주식의 3%와 정동물산 5%, 청평 별장, 당진에 있는 5만 평의 땅을 서지영 모녀에게 주는 것으로 작성되어 있었으나 서병진의 제안에 따라 현금 10억과 미국으로 떠나라는 거짓 유언이 만들어졌다는 것이다.

김도환은 그의 말을 묵묵히 듣고 있다가 천천히 입을 열었다.

벌써 15년 전의 일이다.

이제 와서 재산을 되찾는다는 건 현실적으로 불가능한 일이란 뜻이다.

수많은 경로를 통해 가능성을 타진했으나 변호사들은 공통적으로 증거가 없는 한 되찾지 못한다는 답변을 보내왔다.

그랬기에 김도환은 마지막 방법으로 이철성에게 기대를 걸었다.

그가 만약 무언가를 가지고 있다면 재산을 환수할 가능성이 있기 때문이었다.

"영감님, 말씀 잘 들었습니다. 대부분 우리가 예측한 것과 비슷한 내용이군요. 그럼, 이제 마지막 이야기를 듣겠습니다. 서지영 씨의 재산을 되찾을 방법이 있습니까?"

"있네. 하지만 그 이야기를 하기 전에 나는 돈을 봐야겠네. 그렇게 해주면 그 방법에 대해서 알려주지."

"그렇게는 할 수 없습니다. 저는 영감님께 다시 화려한 삶을 살 수 있도록 기회를 드린 겁니다. 다른 방법도 많다는 걸 미리 말씀드렸을 텐데요?"

"내가 자네를 어떻게 믿는단 말인가? 나는 내일 죽어도 상관없는 사람이야. 우리 아들놈들은 나를 찾아오지도 않아. 그런 놈들을 죽인다고 내가 눈 하나 깜박할 것 같은가?"

"그럼 죽여주죠."

"마음대로 해봐."

"이해가 안 가네요. 자식들에게 지닌 재산을 전부 줄 정도로 사랑한 거 아니었나요. 그런데도 자식들이 어찌 되든 상관없단 말입니까?"

"자네도 늙어보게. 사람은 어느 순간이 되면 자신의 삶을 후회하게 되는 순간이 다가온다네."

"그럼 왜 영감님의 치부를 드러낸 겁니까?"

"그건 말해줘도 아무런 쓸모가 없는 거니까. 나는 갈 때까지 간 사람일세. 법으로도 어쩌지 못하는 옛이야기를 말해준 건 오랜만에 누군가에게 얻어먹은 밥값을 한 것이야. 하지만 유산을 되찾는 건 다른 이야기지. 안 그런가?"

늙었어도 인생이 완전히 끝난 게 아니라는 걸 이철성이 증명해 주고 있었다.

그는 과거의 화려했던 시절처럼 눈 하나 깜박하지 않고 김도환을 바라보며 포커페이스를 유지한 채 선택권을 김도환에게 넘겼다.

그러나 김도환의 표정도 전혀 변하지 않았다.

그는 이철성의 말이 끝나자 손을 올려 안주머니에서 두 개의 통장을 꺼내 들었다.

그러고는 그중 한 개를 앞으로 내밀었다.

"여기 이 통장에는 5억이 들어 있습니다. 나머지 5억은 일이 끝나면 드리겠습니다. 이 정도면 괜찮은 거래죠?"

＊　　　　＊　　　　＊

최강철은 김도환의 보고를 들은 후 입술 끝을 끌어 올렸다.

개새끼들. 하는 짓을 보면 양아치가 따로 없다.

거대 그룹의 회장이란 놈이 그까짓 돈 때문에 아버지가 마지막으로 남긴 유언장까지 조작한단 말인가.

"그럼 유언장이 하나 더 있다는 말이군요?"

"원본을 2장 만들었답니다. 서길영 회장이 아들들을 못 믿었던 것 같습니다. 1장의 원본은 서지영 씨가 직접 확인할 수 있도록 은행 비밀 금고에 넣어놨답니다. 비밀번호는 오직 서지영 씨만 알기 때문에 서병진도 어쩔 수 없었던 모양입니다. 서지영 씨 모녀를 추방하고 들어오지 못하게 발악한 건 전부 그 때문이었던 것 같습니다. 그녀가 복싱 영웅 최강철의 연인이란 것을 알면서도 무리한 짓을 저지른 건 전부 그 유언장 때문이었습니다."

"이상하군요. 그런데 지영 씨는 왜 유언장을 찾지 않았을까요?"

"어렸잖습니까. 그때 서지영 씨의 나이는 14살에 불과했습니다. 그리고 쫓겨나느라 정신이 없었을 겁니다. 어린 나이에 받은 충격이 너무 커서 잊어버렸을 수도 있습니다."

"지금 유언장이 나오면 유산을 찾을 수 있단 말이죠?"

"전문 변호사에게 의뢰해 봤더니 충분히 가능하답니다. 하지만 서병진과 그 동생들은 처벌이 어려울 것 같습니다. 시간이 너무 많이 지났기 때문에 공소시효가 지났거든요."

"비자금은 알아보셨습니까?"

"지금 정동의 자금 흐름을 샅샅이 훑고 있는 중입니다. 놈들이 하는 짓을 보면 분명 상당액의 비자금이 조성되었을 겁니다. 그것만 확인하면 횡령으로 처넣을 수 있습니다."

"정동을 우리가 장악하기 위해서는 놈들을 반드시 죽여야 합니다. 서병진을 사회적으로 매장시키면 자연스럽게 분위기가 조성될 거예요. 더불어 유산을 찾는 과정에서 모든 언론을 동원하세요. 서병진의 도덕적 가치가 땅으로 떨어지면 정동그룹 전체가 흔들릴 겁니다. 그때 본격적으로 우리는 정동의 주식을 떨어뜨릴 겁니다. 양동작전, 아시죠?"

"걱정하지 마십시오. 곧바로 움직이겠습니다."

"저는 일 때문에 곧 미국으로 건너갈 생각입니다. 아마, 2달 정도 걸릴 것 같습니다. 제가 없는 동안 마이다스 CKC의 신 사장님과 협의해서 진행해 주십시오."

"알겠습니다. 들어오시기 전까지 기초 작업은 전부 끝내놓 겠습니다."

경기가 없는데도 미국으로 넘어간 것은 이번이 처음이다.

비밀리에 움직였기 때문에 공항에는 예전과 같은 인파와 언론들의 모습은 찾아볼 수 없었다.

조용하게 떠나기 위해 모자와 안경으로 변장까지 했기 때문에 번잡스러움을 피할 수 있었다.

서지영과 만난 후 곧바로 집으로 향하며 최강철은 그녀의 손을 꼭 잡았다.

이 여자, 강하다. 그리고 자존심에 상처받는 걸 극도로 싫어한다.

자신의 불행을 지금까지 한 번도 꺼내지 않았으니 그 속이 오죽 답답했을까.

"지영 씨, 나 할 말 있는데……."

"응, 뭔데?"

"정동에 관한 일이야."

최강철의 입에서 정동이란 말이 튀어나오자 순식간에 그녀의 얼굴이 하얗게 변했다.

절대 사랑하는 사람에게 밝히고 싶지 않았던 단어였다.

첩의 자식.

지금은 아무렇지 않은 것처럼 애써 스스로 위로하며 살고 있었지만 그 사실은 언제나 그녀의 가슴속에 대못처럼 박혀 있었다.

정상적인 가정에서 태어나 행복하게 자란 여자로 비춰지고 싶었다.

최강철을 사랑한 순간부터 언젠가는 이야기해야 한다고 생각했지만 혹시라도 자신의 불행이 그에게 상처가 될까 봐 쉽게 입이 떨어지지 않았다.

그런데 그의 입에서 정동이란 말이 튀어나오다니…….

머리가 텅 빈 것처럼 충격을 받았으나 그럼에도 침착하려

노력했다.

"정동을 말한 건 나에 대해서 알았다는 뜻이야?"

"응."

"어떻게 알았어?"

"저번에 호텔로 찾아왔던 놈들을 추적하다가 알게 되었어. 그놈들 정동에서 보냈더라."

"…그렇구나. 다시 들어오면 가만두지 않겠다고 하더니 그렇게까지……."

서지영이 슬며시 눈을 감았다.

새삼스럽게 오빠들에 대한 분노가 솟구쳐 올라 몸이 떨려왔다.

내가 뭘 그렇게 잘못한 게 있다고 오랜 세월이 지났음에도 괴롭히는 걸까.

아무리 생각해도 이해가 되지 않았다.

그들도 상처를 받았겠지만 그녀는 더욱 커다란 상처를 받지 않았던가.

가슴이 묵직하게 아파오며 먹먹한 슬픔이 몰려들었다.

그냥 가만두면 잊고 살려 했는데 왜 나한테 이러는 거야, 도대체 왜!

"지영 씨, 당신 이복 오빠들이 아버지의 유언장을 조작했어."

"그게… 무슨 소리야?"

"서길영 회장님은 지영 씨와 어머니께 많은 유산을 남겼지만 서병진이 유언장을 조작해서 전부 가로챘어."

"정말이야?"

"아마 그자들은 그것 때문에 지영 씨가 한국에 들어오는 걸 극도로 싫어했던 것 같아."

"그래서… 그래서 우릴……."

"지영 씨의 유산은 아버지 유언장을 확인하면 되찾을 수 있어. 서길영 회장님은 지영 씨가 유언장을 볼 수 있도록 은행 비밀 금고에 보관해 놨대. 그 당시 변호사 말로는 지영 씨가 비밀번호를 알고 있을 거라던데. 혹시 기억나는 거 있어?"

"비밀번호?"

서지영이 최강철의 말을 듣고 생각에 잠겼다. 그러나 생각은 길지 않았다.

어렸을 적 아버지는 마지막으로 자신을 찾아와 6자리 숫자를 가르쳐 주며 아버지가 무슨 일을 당하면 은행에 가서 물건을 찾으라는 말을 남겼던 것이다.

하지만 까맣게 잊고 있었다.

아버지가 생을 마감하는 순간 그들 모녀에게 지옥 같은 일들이 수시로 벌어졌다.

상을 치르자마자 이복 오빠들은 무서운 남자들을 보내 납치하듯이 공항으로 데려간 후 다시는 돌아오지 말라는 협박을 했다.

머리가 하얗게 비어질 정도로 두려웠다.

다시 눈에 띄면 죽여 버린다는 말을 할 때의 서병진은 악귀처럼 보일 정도로 험악한 인상을 하고 있었다.

"기억나, 비밀번호. 알고 있어."

"그걸 나에게 가르쳐 줘. 그리고 위임장을 작성해 주기만 하면 나머지는 내가 알아서 할게."

"그럼 정말 유산을 되찾을 수 있는 거야?"

"시간은 조금 걸리겠지만 반드시 찾을 수 있어. 내가 그놈들이 다시는 지영 씨를 괴롭히지 못하도록 만들어줄게."

"어쩌려고?"

"정동을 그놈들에게서 뺏을 거야. 그래서 세계 최고의 기업으로 키우려고 해. 서길영 회장님도 하늘에서 그렇게 되기를 바라지 않을까? 당신의 피땀 어린 기업체가 아들들로 인해 망하는 것보다 분명 그걸 더 원하실 거야."

최강철은 서지영에게 비밀번호와 위임장을 받은 후 한국의 김도환에게 보냈다.

나머지는 제우스가 움직여 처리할 예정이었으니 더 이상 그가 할 일은 없었다.

먼저 유언장의 내용을 확인한 후 전문 변호사를 고용해서 민사소송을 제기하고 언론에 뿌리면 세상이 온통 시끄러워질 것이다.

하지만 민사소송은 예상보다 빨리 끝날 수도 있다.

당시 유언장의 변조를 도왔던 이철성의 증언이 생생하게 기록되어 있었기 때문에 서병진이 아무리 빵빵한 변호사를 동원해도 벗어날 방법을 찾을 수는 없다.

그건 시작에 불과하다.

마이다스 CKC의 신규성은 제우스와 별도로 정동그룹의 지주회사인 정동건설의 주가를 박살 내는 작전에 들어가 있었다.

이제 때맞춰 서병진의 유언장 사기 사건과 횡령 사건이 동시에 터지면 정동 전체가 흔들리는 건 시간문제였다.

*   *   *

최강철이 서지영의 본가를 찾은 것은 뉴욕에 도착한 이틀 후였다.

그가 미국에 온 이유는 여러 가지가 있었지만 그중 하나가 서지영의 어머니께 인사드리는 것이었다.

서지영의 엄마, 김선화는 최강철이 인사 온다는 소식을 듣고 동생인 김미화와 함께 하루 종일 음식을 만들었다.

미국에 오래 살면서 미국 음식에 익숙해져 있었지만 사윗감에게는 한국 음식을 만들어주고 싶었기 때문이다.

그중 그녀가 가장 신경 쓴 것은 불고기였다.

서지영으로부터 최강철이 불고기를 좋아한다는 걸 미리 들었기 때문에 그녀는 어제부터 재료를 사다가 갖은 양념으로 재워놓았다.

초인종을 누른 후 문을 열고 들어서자 김선화가 반가운 얼굴로 다가왔다.

허리를 정중하게 숙이며 머리를 마룻바닥에 닿을 만큼 수그렸다.

"어머님, 죄송합니다. 바쁘다는 핑계로 이제야 온 것을 용서해 주십시오."

"어… 이러면 안 되는데. 나는 아직 화도 내지 않았는데 먼저 선수를 치면 어떡해요!"

인사를 하는 최강철을 향해 김선화가 어이없다는 표정을 지었다.

오늘 최강철을 만났을 때 어떻게 대할지 많은 고민을 하고 있었는데 먼저 바짝 꼬랑지를 내리자 그녀의 얼굴에서 미소가 저절로 떠올랐다.

최강철은 숙였던 허리를 끌어 올린 후 미소를 짓고 있는 김선화를 향해 밝게 웃으며 입을 열었다.

"어머님께서 화를 내지 못하도록 제가 선물을 가져왔습니다. 어머님께 잘 어울리는 선물입니다."

"어머, 이게 뭘까?"

최강철이 들고 있던 상자를 앞으로 내밀자 김선화의 입에서 탄성이 터져 나왔다.

그녀의 눈에는 궁금증이 잔뜩 들어 있었는데 무척 기대하는 눈치였다.

그녀의 손이 조심스럽게 움직여 포장지를 뜯었다.

그런 후 상자에 담겨 있는 내용물을 확인하고 입을 떠억 벌린 채 한동안 움직이지 못했다.

상자에는 족두리와 비녀, 그리고 옥가락지와 기러기가 가지런히 놓여 있었는데 너무나 아름다워 눈을 떼지 못할 정도였다.

선물을 만지는 김선화의 손이 떨렸다.

그리고 눈을 물들이며 새어 나오는 눈물.

면사포조차 쓰지 못한 채 서지영을 낳고 길렀던 그녀에게 최강철의 선물은 커다란 감동을 주기에 충분했다.

최강철이 식사를 하는 동안 김선화는 잠시도 쉬지 않고 대화를 이어나갔다.

부드러운 시선.

마치 잃어버린 아들을 찾은 것처럼 최강철을 바라보는 그녀의 시선은 더없이 은혜로웠고 더없이 사랑스러웠다.

최강철이 서지영과 샌프란시스코로 날아간 것은 그로부터 일주일이 지난 후였다.

그 일주일 동안 마이다스 CKC에서 업무보고를 받은 그는 미국 5대 도시의 빌딩들에 대한 투자를 강화하란 지시를 내렸다.

향후 미국의 부동산 시장은 폭발적인 성장을 거듭한다는 것을 알기 때문이었다.

그리고 영화 산업에 대한 투자를 시작하라는 주문도 했다.

돈이 되는 것이라면 무엇이든 한다.

전생에서 그는 영화광이기도 했기 때문에 대박을 터뜨린 영화들에 대해서는 줄줄 외우고 있었다.

영화 산업은 의외로 황금 알을 낳는 거위였다.

흥행에 성공하면 적은 투자로 수십 배의 이익을 남길 수 있으니 충분히 투자할 가치가 있었다.

마이다스 CKC의 경영에 대해서는 개략적인 보고만 받고 더 이상 언급을 하지 않았다.

커다란 골격이 유지되는 한 그가 나설 이유가 없었다.

자동차는 엔진만 시동을 걸어놓으면 도로를 따라 쾌속 질주 하게 되어 있다.

괜한 참견으로 핸들을 조작하는 순간 자동차는 균형을 잃고 비틀거릴 뿐이니 참견은 오히려 독이 될 가능성이 컸다.

시스코에 도착하자 주요 임원들이 전부 마중을 나와 있었다.

이곳에서의 일정은 3일이다.

Horizon과 엠파이어에서 구축된 프로그램을 확인하는 건 그리 오래 걸릴 이유가 없었다.

자신이 봐줘야 할 부분은 포털사이트에 구축된 내용들과 인터넷쇼핑몰에 대한 밑그림에 관한 것이었고, 대부분 그가 작성한 것을 토대로 만들어졌기 때문에 몇몇 추가할 내용만 보완하면 될 것이다.

대회의장에는 보삭과 샌디, 그리고 프로그램 개발에 참여한 책임 기술진이 전부 참석했는데 보고를 한 이는 마이클 창이었다.

그는 중국계였는데 보삭이 스카우트해 온 프로그래머로 MIT 공대 출신이었다.

대형 화면에 파워포인트로 작성된 보고서가 차례대로 올라오며 마이클 창의 입을 통해 설명되기 시작했다.

역시 부족한 부분들이 눈에 띄었다.

아직 인터넷이 발달되지 않았기 때문인지 소소한 단점들이 곳곳에서 발견되었다.

최강철은 Horizon에서 개발한 포털사이트와 엠파이어의 쇼핑 사이트 프로그램에 하루씩 시간을 할애하며 철저하게 검증 과정을 거쳐 나갔다.

보고와 토론을 거칠 때마다 최강철의 노트에는 추가로 보완될 사항들이 빽빽하게 적혀 나갔다.

그리고 마지막 날.

최강철은 스스로 일어나 자신이 적었던 내용들에 대해 기술진들에게 하나씩 설명하며 보완해 줄 것을 요청했다.

미국에서 최고의 능력을 자랑하는 기술진들이 그의 지적에 수시로 얼굴을 붉혔다.

그들로서는 이해가 되지 않았을 것이다.

복싱 선수에 불과한 허리케인이 세계 최고의 두뇌라는 자신들조차 파악하지 못했던 내용들을 지적하고 있었으니 연신 한숨을 내리쉴 수밖에 없었다.

최강철은 자신이 검토했던 내용들을 전부 설명한 후 마지막으로 보삭과 샌디를 향해 지시를 내렸다.

"이 정도 수준으로도 특허를 내기에 충분합니다. 보삭과 샌디는 즉시 특허청에 서류를 제출하시고 최대한 빠른 시간에 완료토록 해주시기 바랍니다."

"알겠습니다."

보삭과 샌디는 최강철의 지시에 한마디도 토를 달지 않았다.

지난 3일 동안 보여준 그의 능력을 직접 눈으로 확인했기 때문에 마음속으로 승복을 한 지 오래였다.

"그리고 특허가 완료되는 대로 Horizon과 엠파이어의 CEO를 새로 선임할 생각입니다. 이 두 가지 사업을 제대로 이끌어줄 사람들이 필요하거든요."

"그들이 누군지 물어봐도 되겠습니까?"

"아직 만나지 않았으니 결정되는 대로 말씀드리겠습니다."

"그들을 아직 만나지 않으셨단 말입니까?"

"그렇습니다. 여기 일을 마치는 대로 저는 그들을 찾아갈 생각입니다."

"오랜만에 오셨는데 그냥 가신다고요. 이러는 게 어디 있어요. 우리 부부는 보스를 모시려고 음식을 잔뜩 장만해 놨단 말입니다."

"보삭, 당신도 알다시피 제가 무척 바쁩니다. 올해 중으로 시합이 열릴지 모르니 파티는 그때 합시다."

"헉, 그럼 레너드와 싸우는 건가요?"

"아마 그렇게 될 것 같습니다."

보삭의 질문에 최강철이 대답하자 앉아 있던 기술진들의 표정이 단박에 변했다.

허리케인은 그들의 보스 이전에 복싱 영웅이었다.

그들의 표정이 변한 것은 그들 또한 허리케인과 레너드의 시합을 간절히 기다리고 있었기 때문이다.

제46장
돌아온 전설

최강철은 시스코에서 떠나 캘리포니아로 향했다.

그곳에 그가 원하는 인물이 있었다.

바로 에릭 슈미트였다.

그는 프린스턴 대학교를 졸업하고 캘리포니아 대학교 버클리에서 컴퓨터 공학 석사와 박사학위를 받았고 후에 구글의 회장이 되는 사람이었다.

최강철이 그를 주목한 것은 그의 IT 노하우가 독특한 기업 문화를 바탕으로 초고속 성장을 거듭하게 만들 만큼 대단했고 진취적인 사업 정신으로 단단하게 무장되어 있다는 걸 알왔기 때문이다.

그는 39살로 지금은 썬마이크로시스템즈의 선임 연구원으로 일하고 있었다.

미리 약속을 하지는 않고 무작정 찾아갔다.

평일 오후.

썬마이크로시스템즈의 사무실을 찾아가자 정문을 지키던 경비가 최강철의 얼굴을 알아보고 기절할 것 같은 표정을 지었다.

에릭 슈미트를 만나러 왔다는 그의 말에 이유조차 묻지 않고 연결을 시켜줬는데 순식간에 썬마이크로시스템즈의 직원들이 전부 몰려들었다.

엄청난 구경거리다.

세계 최고의 복싱 영웅을 직접 눈으로 확인한다는 건 행운이라고밖에 말할 수 없었다.

에릭 슈미트는 정말로 허리케인이 온 걸 확인한 후 믿어지지 않는다는 표정을 지은 채 한동안 움직이지 못했다.

"에릭 씨, 갑자기 찾아와서 놀라셨죠?"

"어… 그게. 휴우, 이게 무슨 일인지 모르겠군요. 허리케인이 왜 저를……?"

"여긴 사람이 많군요. 조금 조용한 곳으로 자리를 옮길 수 있을까요?"

"그러시죠. 잠깐만 기다려 주십시오. 회사에 외출 신청을 하고 오겠습니다."

얼마 걸리지 않았다.

에릭 슈미트는 정신없이 뛰어갔는데 불과 5분도 지나지 않아 다시 정문으로 뛰어나왔다.

그가 최강철은 데리고 간 곳은 가까운 곳에 있는 다운타운의 한적한 커피숍이었다.

먼저 서지영을 소개시켜 주자 에릭 슈미트의 얼굴이 다시 놀람으로 가득 찼다.

최강철은 그녀의 이름만 말해줬지만 직감으로 알 수 있었다.

최강철의 연인에 대해서는 모르는 사람이 없었으나 기자들조차 직접 대화를 나눴다는 사람은 전무했다.

더군다나 그가 진짜 놀란 것은 서지영이 내민 명함에 적혀 있는 직책을 확인한 후였다.

마이다스 CKC의 대표이사.

마이다스 CKC는 현재 미국 경제계에서 뜨겁게 이름을 알리며 떠오른 투자회사로 여러 번 경제 전문지의 표지를 장식했다.

마이다스는 시스코와 델 컴퓨터의 실질적 주인이었고 작년 최고의 수익률을 올렸기 때문에 세상의 이목을 단숨에 장악하고 있었다.

"대단하신 분이군요. 정말 마이다스 CKC의 회장님이십니까?"

"네, 그렇습니다. 그리고 여기 계신 허리케인의 피앙세이기도 하죠."

"아, 예……."

당당하게 자신을 소개하는 서지영의 모습을 보면서 에릭 슈미트는 어쩔 줄을 몰라 했다.

최강철 앞에는 사랑스러운 여자에 불과했지만 그녀는 다른 사람들을 만날 때면 무섭게 성장하고 있는 투자 자본의 대표 이사로서 압도적인 포스를 보여주곤 했다.

최강철의 입이 열린 것은 커피가 나온 후였다.

"단도직입적으로 말씀드리겠습니다. 에릭 씨, 저는 당신을 저희 회사로 스카우트하기 위해 왔습니다."

"저를요?"

"그렇습니다."

"무슨 말씀이신지 전혀 모르겠군요. 저를 왜 마이다스 CKC로 스카우트한단 말입니까?"

에릭 슈미트가 어이없다는 표정을 지었다.

그는 서지영의 명함을 봤기 때문인지 오해를 한 모양이었다.

그랬기에 최강철은 빙그레 웃으며 가져온 자료를 그에게 건네주었다.

"마이다스 CKC가 아니라 Horizon입니다. 여기 회사 소개서가 있으니 읽어보시죠."

에릭 슈미트는 최강철이 넘겨준 회사 소개서를 보면서 입을 떠억 벌렸다.

기술자로서 최강철이 내민 Horizon의 사업 영역이 너무나 놀라웠기 때문이다.

그 역시 썬마이크로시스템즈에서 일하며 소프트웨어와 정보 기술을 개발하고 있었지만 Horizon에서 개발한 프로그램은 상상의 영역을 넘어선 것이었다.

"정말, 이런 기술을 개발했단 말입니까?"

"그렇습니다. 저희는 이 프로그램에 대한 특허를 출원한 상태이며 곧 정식적으로 출범할 예정입니다."

"아직 인터넷 환경이 따라가지 못할 텐데요?"

"아시겠지만 조만간 인터넷은 세상을 지배하게 될 겁니다. 그 미래를 대비하기 위해 준비한 것이죠. Horizon은 마이다스 CKC에서 전액 출자하는 기업입니다. 막대한 자본이 지원된다는 뜻입니다. 에릭 씨, 저희들은 당신을 Horizon의 초대 사장으로 초빙하고 싶습니다. 허락해 주십시오."

"음… 아직도 저는 영문을 모르겠습니다. 이 정도의 프로그램을 개발했다면 엄청난 기술진이 Horizon에 있다는 건데요. 왜 저한테 그런 제안을 하시는 거죠?"

"우리는 당신의 상상력과 미래에 대한 직관을 높이 평가하고 있습니다. 에릭 씨, 우리와 함께 미래를 개척해 나가는 게 어떻겠습니까. Horizon은 세상을 변화시키는 선도 기업이 될 것입니다. Horizon에서 당신의 역량을 마음껏 펼쳐주십시오."

최강철은 에릭 슈미트의 허락을 받고 기쁨을 숨기지 않았다.

물론 그가 Horizon에 오기까지 한 달의 시간이 필요하다는 전제 조건이 있었지만 이미 스카우트에 필요한 계약에 동의한 상태였기 때문에 자신의 품으로 들어오는 건 시간문제였다.

서지영은 여전히 최강철의 행동에 의문을 감추지 못했다.

도대체 이 남자는 어떤 생각을 하고 있는 걸까.

개략적인 설명은 들었으나 이해가 되지 않는 건 여전했다.

막강한 자본력과 세상을 깜짝 놀라게 만드는 기술력을 가지고 태동된 Horizon의 신임 사장을 스카우트하기 위해 캘리포니아까지 날아갈 줄은 정말 생각지도 못했다.

이 정도의 조건이라면 뛰어난 능력을 가진 전문경영인들이 떼로 손을 들고 달려들 게 뻔했다.

그럼에도 최강철은 오직 에릭 슈미트를 원했다.

설명을 들었으나 그 설명이 석연치 않았다.

뛰어난 상상력, 그리고 미래에 대한 직관?

그런 능력을 가진 사람이 에릭 슈미트 혼자일 리는 없지 않겠는가.

문제는 그가 캘리포니아를 거쳐 다시 뉴욕으로 돌아와 투자회사인 디이쇼의 사무실을 방문했다는 것이다.

거기서 그가 만난 사람은 디이쇼의 펀드매니저인 제프 베조스였다.

어이가 없었다.

엠파이어의 사장을 스카우트한다더니 마이다스 CKC의 경쟁 회사 중 하나인 디이쇼의 펀드매니저를 만난다는 게 이해가 되지 않았다.

제프 베조스는 서지영도 잘 알고 있는 유능한 펀드매니저로 디이쇼에서 가장 아끼는 인재였다.

처음에는 마이다스 CKC의 인력을 보강하기 위해 그를 만나는 줄 알았다.

하지만 최강철은 정말로 그에게 엠파이어의 사장 자리를 제안하고 있었다.

"이게 정말 개발되어 있단 말입니까?"

제프 베조스는 최강철이 내민 사업계획서를 눈으로 확인하고 믿어지지 않는다는 표정을 지었다.

그가 줄곧 구상하고 있던 일들이 눈앞에 펼쳐져 있었기 때문이다.

아니, 그 정도가 아니다.

자신은 온라인으로 책을 배송하면 어떨까 하는 아이디어를 실행에 옮기기 위해 준비를 하고 있었지만 엠파이어의 사업 영역은 그 정도가 아니라 모든 것이 포함되어 있었다.

더군다나 프로그램의 방대함과 정교함은 상상을 초월하고 있었기 때문에 그는 열린 입을 다물 줄 몰랐다.

"제프, 어떻습니까. 엠파이어의 프로그램과 아이디어는 이미 특허가 출원되어 있고 조만간 곧 사업이 시작될 예정입니다."

"저 역시 이런 영역에 대한 사업을 구상하고 있었습니다. 그런데 엠파이어의 구상은 상상을 초월하는군요. 과연 이게 가능하겠습니까?"

"당연하죠. 세상은 열정을 가진 사람들이 움직인다고 믿습니다. 그래서 제가 여기까지 온 거고요. 우린 제프 씨의 뜨거운 열정을 높이 평가하고 있습니다. 엠파이어로 와서 당신의 열정을 펼치십시오. 우린 당신이 하고자 하는 일에 무조건적인 지원을 약속드리겠습니다."

"나는 디이쇼에서 백만 달러의 연봉을 받는 사람입니다. 그런 제가 회사를 그만두고 사업을 계획했던 건 그런 열정이 숨어 있었기 때문입니다. 하지만 내키지 않는군요. 저는 제가 직접 움직이는 사업을 하고 싶습니다. 이젠 남의 회사에서 월급쟁이로 살고 싶지 않아요."

"그러십시오. 제프 씨가 원하는 기업을 만들어보십시오. 당신이 생각하는 것이 원하는 대로 일하는 것이라면 우린 아무런 참견을 하지 않겠습니다."

"정말입니까?"

"원하신다면 계약서에 그런 조항을 넣어드리겠습니다. 사람은 하고 싶은 일을 하며 살아야 합니다. 특히 제프 씨 같은 경우는 더욱 그렇죠. 모험 정신이 투철한 당신은 펀드매니저와 어울리지 않습니다. 그렇지 않습니까?"

*   *   *

참 정신없이 산다.

서지영이 최강철을 옆에서 바라보며 생각한 것이었다.

최강철은 뉴욕에서 제프 베조스를 엠파이어의 신임 사장으로 스카우트한 후 마이클 델을 만나 텍사스에서 3일을 머물렀고 오바마와 시카고에서 농구를 하며 또다시 3일을 보냈다.

그런 후 빌 게이츠와 테니스를 쳤고 버크서 해서웨이의 회장인 워렌 버핏을 만나 식사까지 한 후 뉴욕으로 돌아왔다.

무려 11일에 걸친 여정이었다.

서지영은 한숨을 길게 내쉬었다.

복싱 시합이 없는 미국 방문이었기 때문에 둘만의 오붓한 시간을 많이 보낼 수 있을 거라 생각했지만 현실은 전혀 그렇지 않았다.

"강철 씨, 이거 너무한 거 아냐. 이제 보니 미국에 온 게 전부 일하려고 온 거잖아!"

"미안해. 그래도 할 일은 해야지. 이건 내 책임이 아니라 미국 땅이 워낙 넓어서 그런 거야. 한국 같으면 전부 당일치기로 가능했을 텐데 말이지."

"말도 안 되는 소리 하지 마세요. 아휴, 이 남자 결혼하고도 이러는 거 아닌지 모르겠네."

"결혼하면 안 그럴 거야. 오직 지영 씨만 바라보며 집안일 열심히 하면서 살게."

"팥으로 메주를 쑨다고 하세요. 나보고 그걸 믿으라고!"

"정말입니다, 여왕 폐하."

팔을 가슴에 올리고 허리를 숙이는 최강철을 바라보며 서지영이 눈에 힘을 바짝 주었다.

연애할 때는 별소리 다 하던 남자가 결혼하면 전혀 다른 사람으로 변한다는 말을 수도 없이 들었다.

그럼에도 귀엽다.

천하의 복싱 영웅 최강철이 자신의 환심을 사기 위해 아부하는 모습을 보자 뽀뽀해 주고 싶다는 생각이 불쑥 들었다.

하지만 서지영은 팔짱을 낀 채 흘러나오는 웃음을 억지로 참았다.

"그럼 지금부터는 어디 안 갈 거지?"

"어… 그게……."

"뭐야, 또 어디 간단 말이야!"

"저기, 관장님하고 라스베이거스에 가야 해. 정말 중요한 일이라서 안 가면 안 돼."

"거긴 왜 가는데?"

서지영의 질문에 장난스럽던 최강철이 표정이 슬쩍 변했다.

그는 여전히 부드러운 미소를 짓고 있었지만 어느새 농담을 벗어던지고 있었다.

"5일 후에 레너드의 경기가 라스베이거스에서 열려. 그래서 가볼 생각이야. 그 사람의 기량이 얼마나 올라왔는지 눈으로 확인하고 싶거든."

"아……."

서지영의 표정도 변했다.

최강철의 답변에서 이 일의 중요성을 확인했기 때문이다.

그랬기에 그녀는 팔짱을 풀면서 조용하게 입을 열었다.

"윤 관장님하고 성일 씨가 그래서 오는 거구나. 난 그런 일이 있는지 몰랐어."

"응."

"언제 떠날 건데?"

"성일이가 내일 들어올 거야. 거기서 만나기로 했기 때문에 나도 내일 떠나야 해. 관장님이 같이 가기로 했는데… 혹시 지영 씨도 같이 갈 수 있을까?"

"일도 하고 데이트도 하고 싶은 거지?"

"하하… 미안."

"그런데 안 되겠네요. 미안하지만 당신의 애인이 엄청 바쁜 사람이거든요. 그래서 같이 갈 수 없어요."

"쩝, 그렇다면 할 수 없지."

"어라, 이렇게 쉽게 포기하니까 불안하네."

"뭐가?"

"거긴 라스베이거스잖아. 여자들 무척 많은 곳!"

"미녀들이 득실대는 곳이긴 하지."

"뭐야, 이 남자. 그래서 좋다는 거야… 뭐야. 나 안 간다고 지금 반항하는 거야?"

"그럴 리가요. 우리 지영 씨와 같이 못 가서 서운하다는 거죠."

"조심해. 엉뚱한 짓 하면 혼나!"

서지영이 도끼눈을 부릅뜨고 째려보자 최강철이 폭소를 터뜨렸다.

그런 후 불끈 다가가 서지영의 몸을 끌어안았다.

"거기 가면 우리 지영 씨 며칠 동안 못 볼 테니 오늘 실컷 안아줘야겠다. 각오해, 오늘은 잠재우지 않을 거니까."

"흐흥, 누가 할 소릴 하세요."

                *   *   *

최강철이 도착하는 시간에 맞춰 돈 킹과 톰슨이 공항까지 마중 나와 있었다.

여전한 인파.

기자들은 그의 라스베이거스 입성에 지대한 관심을 표하면서 새삼 레너드와의 일전에 대해 수많은 질문을 던져왔다.

이번에도 최강철을 수행한 것은 정철호의 경호 팀이었다.

그들은 이제 공식 일정에는 최강철의 주변을 철통처럼 경호하며 은밀하게 따랐다.

"허리케인, 이번 라스베이거스에 온 이유가 레너드의 경기를 보러 오신 겁니까?"

"그렇습니다."

"재기전에서 레너드는 여전히 환상적인 경기력을 선보이며

KO승을 거뒀습니다. 그 경기를 보셨나요?"

"봤습니다."

"경기를 본 소감을 말씀해 주십시오."

"3년이나 쉬었던 선수답지 않은 움직임이었습니다. 그러나 제가 보기에는 아직 완벽하게 컨디션이 올라온 것 같지 않았습니다."

"그 정도 가지고는 안 된다는 뜻인가요?"

"당연한 거 아니겠습니까?"

오히려 최강철이 되물었다.

허리케인이란 자신감.

슈거레이 레너드가 전설 속에서 살아왔던 선수였으나 지금의 그는 정상에 우뚝 서서 세상을 내려다보고 있는 원톱의 영웅이었다.

기자들의 질문에 조금 더 대답해 준 최강철은 돈 킹이 준비한 리무진에 올라타고 호텔로 향했다.

가히 성대한 환영이다.

파라다이스 호텔은 그가 예약하는 순간부터 성대한 환영 행사를 준비했는데 사장까지 직접 나와 영접하는 성의를 보였다.

당연히 모든 것이 공짜다.

허리케인이 머물렀다는 사실 하나만으로도 호텔은 몇백 배의 이익을 얻을 수 있으니 숙박비를 받는다는 건 미친 짓이나 다름없었다.

그랬기에 파라다이스 호텔은 가장 비싸다는 스위트룸을 최강철에게 제공했다.

"오자마자 고생이 많았어. 여행은 힘들지 않았나?"

"아뇨, 즐거웠습니다."

"다행이군. 레너드가 알아. 자네가 여기에 온 걸 말이야."

"그렇습니까?"

"계속해서 그쪽과 미팅을 하고 있네. 레너드 쪽은 이번 시합에서 승리하면 자네와의 시합을 추진하겠다는 약속을 했다네."

"금년 중에 해야 되겠죠. 안 그러면 저 역시 방어전을 치러야 될 테니까요."

"당연한 말이지. 자네가 방어전을 치르게 되면 시합은 내년으로 넘어가야 해."

"어쩐 일이십니까. 헌즈전 때는 그렇게 반대를 하시더니 이젠 아주 적극적이시네요?"

"이 사람아, 나는 이제 자네에 대한 의심을 모두 버렸네. 자네는 허리케인이야. 아무리 레너드라도 나는 두려워하지 않는다네. 두려워해야 할 놈은 오히려 밥 애런이야. 안 그래?"

"이제야 나를 인정해 주시는군요."

"하하하, 당연한 일 아닌가. 자네가 그동안 해온 일을 내가 두 눈으로 똑똑히 봤는데 어떻게 인정하지 않겠나. 허리케인, 자네는 금세기 최고의 복싱 영웅이야!"

"고맙습니다."

"먼 길 오느라 고생했을 테니 이만 쉬게. 자네 일행 자리는 링 사이드에 마련해 놨으니까 제대로 볼 수 있을 걸세."

윤성호와 이성일이 날아온 것은 레너드의 시합을 이틀 남겼을 때였다.

안 본 지 불과 한 달이 조금 넘었을 뿐인데도 반가웠다.

매일 몸을 부딪치고 살았던 사람들이었기 때문에 다시 보게 되자 웃음꽃이 저절로 피어났다.

"어라, 이 자식. 지영 씨와 오랜만에 회포를 풀더니 바짝 꼴았네. 아이고, 이걸 어쩐데. 보약이라도 해 먹여야겠어. 허벅지 봐라, 얼마나 써댔는지 흐물거리는구만."

"인마, 어딜 만져!"

이성일 낄낄거리며 다가와 허벅지를 만지는 척하다가 가운데 다리로 손이 올라오는 바람에 최강철이 펄쩍 뒤로 물러나며 소리를 질렀다.

이놈은 시도 때도 없이 장난을 친다.

"뭐 어때, 시합 때마다 늘 내 대가리로 키스했던 거잖아. 그

물건을 내가 한두 번 만져봐?"

"그렇게 좋냐? 이것들은 친구라고 아주 좋아죽는구만. 그런데 강철아, 이 방 정말 끝내준다."

옆에서 지켜보던 윤성호가 한심하다는 표정을 지으며 방을 둘러보다가 입맛을 쩍쩍 다셨다.

5성 호텔인 파라다이스의 스위트룸은 그야말로 궁전처럼 꾸며져 있었기 때문이다.

대뜸 말을 받은 건 이성일이었다.

"방만 좋으면 뭐 합니까."

"그럼?"

"호텔에 들어왔으면 여자가 있어야죠. 사은품으로 늘씬 빵빵한 미녀를 넣어줘야 최고급 호텔이에요."

"네가 죽고 싶어서 환장했구나. 연경 씨한테 일러줄까?"

"누가 내가 한대요? 여긴 강철이 방이잖아요."

"그럼 지영 씨한테 일러주면 되겠구만. 가장 친한 친구란 놈이 바람을 피우게 만들었다고."

"관장님은 그게 문제예요. 사나이들의 세계에서 이런 농담은 비일비재한 일인데 어째 농담한 걸 가지고 죽자면서 덤벼듭니까."

"시끄러워. 넌 그러고도 남을 놈이야."

"허, 참. 나 같은 순정 마초를 그렇게 생각하다니 너무하시네요."

"됐으니까, 이제 레너드 상대에 대해서 브리핑이나 해봐. 준비해 왔지?"

"그럼요."

윤성호가 스윽 화제를 돌리자 이성일이 쓴웃음을 지으며 가방에서 자료를 꺼내 들었다.

그는 이미 레너드의 상대에 대해서 철저하게 조사를 해온 모양이다.

"존 무가비, WBA 슈퍼 웰터급 5위에 올라 있습니다. 전적은 43승 1무 5패네요. 그중 KO승이 31번이나 있는 강타잡니다."

"꽤나 센 놈이구만."

"존 무가비는 레너드를 꺾고 강철이에게 도전할 생각입니다. 돈 킹 씨가 그렇게 만들었죠. 레너드와 무가비의 대결을 통해 돈도 벌고 실력을 평가하겠다는 생각인 것 같습니다."

"주 무기는?"

"원거리에서 던지는 라이트 훅이 위력적입니다. 화끈한 인파이터로서 스피드도 빠른 편입니다. 맷집도 상당히 좋은 편이라 KO패가 한 번밖에 없어요. 더군다나 상대를 압박해서 로프나 코너로 몰아넣는 능력이 뛰어납니다. 위험 존에 상대를 몰아넣으면 더티 복싱으로 전환합니다. 상대는 그의 피지

컬에 걸려 **빠져나오지** 못한 채 쓰러졌죠……."

이성일이 계속해서 존 무가비에 대한 특성들을 열거하자 최강철과 윤성호는 묵묵히 듣기만 했다.

자료만 가지고도 상당히 강한 선수라는 걸 알 수 있었기 때문이다.

최강철의 입이 열린 것은 거의 15분가량이 지나 이성일의 브리핑이 끝난 후였다.

"성일아, 네가 봤을 때 이 시합의 승부 관건은 뭐라고 생각하냐?"

"레너드의 방어력!"

"응?"

"이번 시합은 레너드가 전성기 시절의 방어력을 보여주냐에 달려 있다고 생각해. 레너드는 웰터급에서 뛰다가 은퇴를 했던 사람이야. 체중이 불어났기 때문에 슈퍼 웰터급으로 재기를 했지만 그가 상대했던 선수들과 존 무가비는 근본적으로 피지컬이 다른 선수야. 더군다나 펀치력도 훨씬 강해서 방어력이 약해졌다면 이기기 쉽지 않을 거다."

"그렇겠지. 하지만 저번 시합을 보니까 움직임이 꽤 괜찮던데?"

"상대가 다르잖아. 그 친구와 존 무가비는 레벨이 달라. 그리고 또 하나의 승부 추는 레너드의 체력이야. 그가 예전과 같은 체력과 테크닉을 보여준다면 레너드가 이기겠지. 판정승으로."

이성일의 설명을 들으며 최강철과 윤성호의 고개가 동시에 끄덕여졌다.

꽤 날카로운 분석이었기 때문이다.

만약 최강철의 상대가 존 무가비였다면 이성일은 이 정도 분석에 그치지 않고 호미로 땅을 후벼 파듯 존 무가비의 단점을 파고들어 쓰러뜨릴 전략까지 마련했을 것이다.

레너드와 존 무가비의 경기는 전 세계 복싱 팬들의 관심을 끌어모으기에 충분했다.

레너드가 가지고 있는 근본적인 파괴력도 파괴력이었지만 이 경기를 그가 이기게 될 경우 세기의 빅 이벤트가 다시 열린다는 기대감 때문이었다.

하지만 전문가들의 평가는 레너드의 압도적인 승리를 예측하지 않았다.

아니, 오히려 이 경기가 존 무가비의 승리로 끝날 수 있다는 게 많은 전문가의 전망이었다.

그만큼 존 무가비의 능력이 뛰어났고 레너드가 과거처럼 언터처블의 선수가 아니라는 판단을 가졌기 때문이다.

그럼에도 복싱 팬들은 경기가 다가오자 흥분을 감추지 못했다.

다른 누구도 아니고 전설의 명경기들을 만들어낸 슈거레이 레너드였기에 경기가 펼쳐지는 시저 팰리스 호텔 특설 링은 관중들로 가득 들어찼다.

더욱 그들을 흥분시킨 것은 관중들을 뚫고 최강철이 들어섰기 때문이다.

최강철은 선수가 아닌 관중으로 경기장에 들어섰지만 대형 전광판에 그의 모습이 잡히자 모든 관중이 일어서서 그를 맞아주었고, 최강철은 손을 흔들어 관중들의 환호에 답하며 웃음을 지었다.

그들은 우레와 같은 함성과 함께 허리케인을 연호하고 있었다.

반응만 봐도 알 수 있었다. 그들은 불을 뿜듯 쏟아지는 허리케인의 인파이팅을 하루라도 빨리 보고 싶어 하는 것 같았다.

천천히 걸어 자신의 자리에 앉자 주변에 있던 사람들이 여기저기서 손을 내밀어 그와 악수하기를 원했다.

그의 자리는 링사이드로 링과 가장 가까운 곳이었다.

그 이야기는 자리 주변에 앉아 있던 사람들이 최고의 VVIP란 뜻이었다.

그런 사람들이 최강철의 손을 한 번이라도 잡고 싶어 안달을 부리고 있었다.

최강철은 자리에 앉기 전에 차례대로 그들의 손을 잡아주었다.

그중에는 할리우드 최고 여배우라는 줄리아 로버츠도 있었는데 그녀는 최강철이 손을 잡아주자 감격에 겨워 환호성까지 질러댔다.

자리에 앉은 지 얼마 되지 않아 마지막 오픈 경기가 시작되었다.

밴텀급 세계 랭킹전으로 그 유명한 라울 페레즈의 경기였다.

세계 챔피언이었던 그는 8차 방어를 끝으로 그랙 리차드슨에게 타이틀을 뺏긴 후 다시 리매치를 벌이기 위한 전초전을 치르는 것이었다.

역시 경량급의 스피드와 테크닉은 훌륭하다.

상대 역시 세계 랭커인 디에고 아발라였기 때문에 두 선수는 매 라운드마다 엄청난 난타전을 벌여 관중들을 흥분시켰다.

이래서 복싱 경기를 보는구나.

두 선수의 경기는 예술을 보는 것 같았다.

중량급 같은 강력한 펀치력은 보여주지 못했지만 그들은 링의 중앙에 붙어서 서로 치고받으며 복싱의 마력을 한껏 뿜어냈다.

상대의 펀치를 흘리는 기술과 반격이 영화의 한 장면을 보는 것 같았다.

하지만 복싱은 언제나 결과가 있고, 승자는 라울 페레즈였다.

라울 페레즈의 체력과 스피드가 라운드가 지날수록 아발라를 압도하며 결국 7회에 KO로 승부가 났던 것이다.

메인 경기를 기다리는 관중들을 지루하지 않게 만들 정도로 훌륭한 명경기였다.

"정말 좋구만."

"그렇죠?"

"라울 페레즈가 저번 경기에서 불의의 일격을 당해 타이틀을 뺏겼지만 리턴매치가 성사되면 만만치 않겠어."

"원투 스트레이트가 정말 번개 같았어요. 아주 좋은 펀치를 가지고 있습니다……."

경기가 끝나자 최강철을 중심으로 양옆에 앉아 있던 윤성호와 이성일이 번갈아 가며 이야기를 나눴다.

복싱 전문가들답게 그들의 대화 수준은 경기를 꿰뚫어 보는 듯 날카로웠다.

최강철도 이야기에 동참해서 한창 의견을 나눌 때 폭발적인 관중들의 환호성이 터지기 시작했다.

전광판을 통해 레너드와 존 무가비의 모습이 잡혔기 때문이다.

두 선수는 출전 준비를 위해 가볍게 몸을 풀고 있었는데 금방 라커 룸을 나설 것 같았다.

세계 타이틀전은 아니었지만 관중들의 함성은 끝이 없었고 드디어 존 무가비에 이어 레너드가 출전했을 때 모든 관중이 자리에서 일어났다.

경의다.

전설을 쌓아 올린 위대한 선수에 대한 관중들의 경의는 진심과 존경이 가득 들어 있었다.

가벼운 식전 행사에 이어 두 선수가 링에 부딪쳤을 때 윤성호가 침을 꿀꺽 삼키는 게 보였다.

수많은 경기를 치렀음에도 레너드의 경기를 직접 보게 되자 긴장이 된 모양이었다.

레너드를 맞이한 존 무가비는 자신의 경기 스타일을 고수하며 처음부터 몰아붙였다.

원거리에서 날리는 강력한 혹, 그리고 압박.

관중석에서 보는데도 몸이 움찔거릴 만큼 강력한 공격들이었다.

하지만 레너드는 냉정하게 링을 돌면서 그의 공격들을 무력화시켜 나갔다.

그냥 방어만 한 것이 아니라 빠르게 움직이며 존 무가비의 공격이 실패할 때마다 반격을 가했다.

그의 특기다.

레너드는 완벽한 아웃복서가 아니라 상대의 급소를 날카로운 창처럼 수시로 찔러대는 파이터였다.

헌즈와의 경기에서 보여주었던 그의 강력한 압박은 인파이팅의 정수를 보여주었다는 평가를 받을 만큼 완벽한 것이었다.

오픈게임으로 벌어졌던 밴텀급 경기처럼 치열한 난타전은 아니었으나 경기장은 긴장으로 가득 덮여 숨쉬기 어려울 정도였다.

레너드와 존 무가비가 보여주는 중량급의 묵직함과 화려한 테크닉은 왜 슈퍼 웰터급이 지금 최고의 인기를 얻고 있는지 단적으로 증명하는 것이었다.

레너드는 경기가 시작된 후부터 링을 돌며 존 무가비를 끊임없이 괴롭혔다.

강력한 접근은 스텝으로 벗어났고 공격을 무력화시킨 후 알리가 했던 것처럼 나비처럼 날아 벌처럼 쏘았다.

처음 재기전을 벌였을 때와 또 다른 레벨이었다.

그의 방어력은 뚫을 곳이 없어 보였다.

존 무가비의 공격력이 최고 수준에 달해 있었지만 레너드는 빠른 발과 특유의 더킹과 위빙으로 모든 공격을 흘러내고 있었다.

정말 대단하다.

패링에 이은 라이트 스트레이트, 크로스 카운터, 잽을 맞혔을 때 번개처럼 날아가는 원투 스트레이트와 양 훅의 조화.

아예 공격조차 시도하지 못하게 만드는 스토핑, 그리고 숄더 롤, 반격을 위한 암 블로킹.

마치 그의 몸은 마술을 부리는 것처럼 움직이고 있었다.

이게 바로 전설의 위용이다.

그 누구라도 무기력하게 만들며 야금야금 정신을 흔들어놓는 후 쓰러뜨리는 파괴자.

슈거레이 레너드는 과거의 화려했던 실력을 유감없이 보여주며 존 무가비를 사냥해 나가고 있었다.

존 무가비는 수많은 레너드의 공격을 받았지만 쓰러지지 않았다.

화려한 레너드의 공격과 상반되는 묵직함.

그는 경기가 끝날 때까지 레너드를 압박하며 공격을 멈추지 않았다.

8라운드부터 보여준 그의 투혼은 보는 사람의 심장을 뜨겁게 만들 정도로 대단한 것이었다.

하지만 그의 집념도 레너드의 완벽한 방어력을 뚫어낼 수 없었다.

레너드의 체력은 전성기 못지않았다.

상대의 움직임을 매의 눈처럼 지켜보며 움직이는 동선은 정교했고, 스텝이 잡혔을 때도 펀치를 허용하는 경우가 거의 없었다.

그의 스텝은 마치 안개처럼 흩어졌다 모였고 전광석화처럼 빨랐다.

결국 경기의 승자는 레너드였다.

누구도 그의 승리에 대해서 반론하지 못할 정도로 완벽한 승리였다.

화끈한 KO로 승부가 난 것은 아니었으나 레너드의 팔이 올려졌을 때 모든 관중은 자리에서 그의 승리를 축하해 주었다.

완벽한 부활.

최강철도 관중들과 함께 자리에서 일어나 박수를 쳤다.

진심으로 그의 재기를 축하해 주는 박수였다.

서서히 피가 끓기 시작했다.

이번 경기를 보면서 그의 심장은 서서히 달궈지며 그와의 대결을 강렬하게 원했다.

레너드가 보여준 기량은 압도적이었고 최강철은 그의 상대가 전설로 다시 되돌아온 것을 기뻐했다.

최강철이 박수치는 모습이 클로즈업되면서 전광판에 떴기 때문에 관중들의 반응이 다시 요동쳤다.

간절히 원하는 그것.

바로 꿈의 대결이다.

2만여 명의 관중이 자리에 앉지 않고 무언가를 기다렸다.

바로 링 아나운서가 레너드에게 다가가 인터뷰하는 걸 기다리고 있었던 것이다.

링 아나운서의 질문에 레너드는 달변가답게 속사포처럼 말들을 쏟아냈다.

그는 떠버리 헌즈에게 전혀 밀리지 않는 신경전을 펼칠 정도로 독설가였고 달변가이기도 했다.

링 아나운서가 경기에 관한 질문들을 모두 마쳤을 때 그의 입에서 결국 관중들이 간절히 고대했던 이야기가 흘러나왔다.

그가 다가온 곳은 바로 최강철이 앉아 있는 곳이었다.

"허리케인, 나의 경기를 보러 와줘서 고맙다. 나는 이제 준비가 되었다. 수많은 복싱 팬이 기다리던 경기를 할 수 있는 준비가 되었으니 이제 나는 너와 싸울 생각이다. 장소와 시간을 정해라. 그럼 내가 그곳으로 가겠다."

그의 선언에 관중들의 시선이 단박에 최강철 쪽으로 몰려들었다.

이미 방송스태프들의 손에 의해 그에게 마이크가 넘겨지는 걸 전광판에서 보여주었기 때문이다.

최강철은 스태프가 전해준 마이크를 거부하지 않고 곧바로 받아 들었다.

그런 후, 레너드를 향해 천천히 입을 열었다.

"레너드, 나는 당신의 복귀를 진심으로 환영합니다. 누차 말했듯이 나는 당신과의 경기를 원하고 있습니다. 그러니 곧 장소와 시간이 정해질 수 있도록 하겠습니다. 경기하느라 힘들었을 테니 몸을 잘 추스르고 계십시오. 그리고 나와 경기할 때는 완벽한 상태로 올라와 주시길 바랍니다. 당신도, 그리고 나도 최고의 컨디션으로 다시 링에서 만나기를 고대하고 있겠습니다.

기어코 터졌다.

레너드의 경기를 취재하기 위해 몰려든 전 세계의 기자들은 이 순간을 간절히 기다리고 있었다.

그들은 경기 시작 전부터 레너드가 이겨주기를 간절히 원했다.

그래야 이런 순간을 맞이할 수 있기 때문이었다.

드디어 레너드가 승리를 하고 최강철을 향해 입을 여는 순간 많은 기자가 만세를 불렀다.

드디어 꿈의 대결이 성사된다.

무패의 복서들.

한 번도 지지 않았던 전설 슈거레이 레너드와 현재 링을 평정하며 전승 KO승을 거둔 허리케인 최강철의 대결.

그 누가 이 떨림을 이해하지 못하겠는가.

레너드에 이어 최강철이 레너드의 도전을 흔쾌히 받아들이자 전 세계의 매스컴들이 두 사람의 모습을 잡느라 전쟁을 벌였다.

관중들은 두 사람의 이름을 연호하며 광란에 젖었는데 아마 이 경기를 지켜보고 있던 전 세계의 복싱 팬들이 같은 마음이었을 것이다.

수많은 기자가 시합을 마치고 링을 떠나는 레너드의 뒤를 따랐다.

하지만 그보다 훨씬 많은 기자가 자리에서 일어나 경기장을 벗어나는 최강철을 따라 움직였다.

그중에는 스포츠라인의 토머스와 잭슨도 포함되어 있었다.

"후와… 토머스, 난 아직도 떨려."

"진정하고 얼른 따라와. 오늘은 이럴 시간이 없어."

"그런데 정말 괜찮을까?"

"내가 항상 말했잖아. 나만 따라오면 특종 잡는 데 지장이 없어. 허리케인은 나한테 브라더와 같은 친구야."

"경호원들이 막으면 어떡하지?"

"안 막는다. 나는 프리 패스라고 몇 번이나 말해!"

토머스가 자신감 있는 얼굴로 걸음을 옮겨 나가자 잭슨이 그 뒤를 바짝 쫓았다.

　　수십 명의 기자가 최강철의 발걸음을 붙잡는 게 보였으나 토머스는 멀찍이 떨어져서 그들이 하는 짓을 그냥 지켜만 봤다.

　　특종은 이런 데서 나오는 게 아니다.

　　"그 자식들 더럽게 괴롭히네."

　　"먹고살려면 어쩌겠어. 뭐라도 건져야지."

　　"한참 걸리겠군."

　　"저 정도로 몰려들었으니 최소 10분 이상은 잡아먹겠다. 그런데 토머스, 오늘 레너드 정말 대단하지 않았어?"

　　"원래의 기량을 거의 회복한 것 같더군."

　　"허리케인과 싸우면 누가 이길까?"

　　"휴우, 잭슨. 넌 내가 점쟁이로 보이냐? 저런 선수들이 싸우는데 승패를 내가 어떻게 알아. 아까 존 무가비가 속절없이 당하는 거 못 봤어? 레너드나 허리케인은 다른 선수들과 레벨이 다른 놈들이야."

　　"그건 그렇지. 그래도 허리케인이 이기지 않을까. 허리케인은 지금 최고의 전성기를 맞이하고 있잖아. 레너드가 고전했던 헌즈도 박살 냈고?"

　　"레너드는 헌즈와 다른 놈이다. 막상 붙으면 헌즈보다 훨씬 까다롭지. 파괴력은 헌즈가 더 세지만 다른 것들은 모두 레너드가 더 뛰어나. 그래서 레너드가 헌즈를 이길 수 있었던 거야."

"말이 많겠구만. 막상 경기가 잡히면 전문가들이 골머리를 앓겠어. 오늘 경기에서 레너드가 워낙 인상적인 경기를 했잖아."

"그래서 더 흥분하는 거야. 더군다나 레너드는 허리케인과 시합할 때 최선을 다해서 훈련하고 나올 거다. 아마 둘의 대결은 복싱 역사에서 찾아볼 수 없는 명승부가 될지도 몰라."

"그랬으면 좋겠다."

"난 허리케인의 광팬으로서 허리케인을 응원할 거야. 그가 창조하고 있는 영광이 내 피를 뜨겁게 만들어주거든."

말을 마친 토머스가 기자들에 둘러싸여 있는 최강철을 향해 시선을 던졌다.

언제 봐도 최강철만 보면 즐겁고 흥분된다.

기자라는 신분과 개인적인 친분을 떠나 한 명의 복싱 팬으로서 허리케인의 경기를 보는 것은 언제나 축제였고 기쁨이었다.

*   *   *

최강철은 뉴욕으로 돌아와 일주일을 더 머물다가 귀국했다.

이미 한국은 최강철로 인해 난리가 나 있었다.

꽤 많은 시간이 지났음에도 대한민국의 언론들은 끊임없이 두 사람에 관한 기사들을 토해내며 흥분을 감추지 못했다.

듀란, 헌즈에 이어 이번에는 슈거레이 레너드.

전설의 정점에 서 있는 선수.

비록 3년이란 공백이 있었으나 두 번의 재기전을 통해 전성기 못지않은 완벽한 실력을 보여줬기에 대한민국 국민들이 느끼는 감정은 흥분과 걱정이 교차되고 있었다.

최강철은 입국한 후 기자들의 성화에 몸살을 앓았다.

아직 시합이 결정되지 않았음에도 언론은 두 사람의 인터뷰를 근거로 시합을 기정사실화하며 최강철을 괴롭혔다.

하지만 최강철은 그들을 피하지 않았다.

이런 괴로움도 잠시에 불과할 뿐이란 걸 너무나 잘 알기 때문이었다.

시합이 결정되기 위해서는 앞으로도 꽤 많은 시간이 필요했다.

세계 타이틀전. 그것도 슈퍼스타들 간의 대결은 수많은 조건과 해결해야 될 문제들이 산더미처럼 쌓여 있기 때문에 그것들을 풀어내기 위해서는 상당한 시간이 필요하다.

                    *   *   *

"뭐라고, 민사소송?"

"예, 회장님. 오전에 사무실로 등기가 왔습니다."

비서실장이 슬그머니 봉투를 내밀자 서병진의 손이 신경질적으로 그것을 잡아갔다.

봉투의 외면에는 법원에서 보낸 것을 증명하는 소인이 찍혀 있었는데 그것을 보는 순간 꺼림칙한 기분이 들었다.

내용물을 확인하는 서병진의 손이 분노로 흔들거렸다.

기어코 걱정하고 있던 일이 벌어졌기 때문이다.

"이 개 같은 년이, 기어코……!"

"회장님, 갑자기 민사소송을 걸어온 이유가 뭘까요? 15년이나 지난 일입니다. 그리고 회장님께서는 유언장에 있는 대로 집행하셨잖습니까?"

"으……."

비서실장의 질문에 서병진이 입술을 깨물었다.

서지영의 유산을 가로챈 걸 아는 사람은 동생 둘과 이철성이 전부였다.

비록 비서실장이 자신의 수족 같은 사람이었으나 말해주지 않았던 것이다.

하지만 그의 표정만 보고도 비서실장은 금방 눈치를 채는 것 같았다.

"허 실장, 법원에 알아봐. 이 정도 가지고는 대처할 수 없잖아. 어떤 근거로 소송까지 냈나 알아보란 말이야. 그리고 최대한 빨리 고문변호사를 불러!"

"알겠습니다."

"왜 안 나가? 서두르라니까!"

"회장님, 보고할 게 몇 가지 더 있습니다."

"뭐야?"

서병진이 짜증스러운 표정을 숨기지 못했다.

주말 동안 유미령과 청평 별장에서 즐기다 오느라 회사에 늦게 출근했더니 비서실장이 폭탄을 들고 들어왔기 때문에 기분이 나빠질 대로 나빠진 상태였다.

고문변호사를 불러 상의해야겠지만 서지영이 민사소송을 걸어온 것을 보면 그토록 막고 싶었던 유언장을 확인한 게 분명했다.

"저기… 서울경제에서 회장님의 비자금 문제를 기사로 터뜨렸습니다. 그룹 전체에서 상당 금액을 빼돌려 차명 계좌로 관리하고 있다는 겁니다."

"뭐라고!"

"이게 어제 신문에 나온 내용입니다."

어쩐지 비서실장이 신문을 들고 있는 게 이상했다.

서병진은 그가 내민 신문을 펴고 정신없이 읽었다.

비자금은 철저하게 관리해 오고 있었다. 한 번에 거액을 마련한 것이 아니라 매년 그룹의 계열사들을 통해 야금야금 빼먹었기 때문에 재무제표상으로도 거의 흔적이 남지 않았다.

신문을 보는 그의 손이 덜덜 떨렸다.

기사의 내용이 사실과 거의 다르지 않을 정도로 정확했기 때문이다.

어떻게 이걸 알고…….

시지영이 걸어온 민사소송에는 분노가 치밀어 올랐지만 불과 10줄짜리 신문 기사에는 소름이 끼쳐왔다.

이것의 여파가 얼마나 큰지 직감으로 알기 때문이었다.

유산을 가로챈 것은 사기죄에 해당되나 공소시효가 지났기에 문제가 없지만 횡령 문제는 자칫 감옥에 갈 수 있었다.

"막아. 다른 곳에는 안 나왔지?"

"아직은 나온 곳이 없습니다."

"홍보실을 동원해서 전 언론을 틀어막아. 다시는 이런 기사가 나오지 않도록 조치하란 말이야. 그리고 기획실장 들어오라고 해. 대처 방안을 마련해야 되지 않겠어!"

"회장님, 지금 기획실장은 회사에 없습니다."

"그게 무슨 소리야?"

"저희 회사 주관 증권사 본부장과 미팅을 한다고 나갔습니다."

"왜?"

"저희 회사 주식이 다시 빠지기 시작했습니다. 금요일 오후에 2%가 빠졌고 오늘도 3% 이상 빠지고 있는 중입니다. 기획실장은 누군가가 고의로 작전을 펼치는 게 아닌가 의심하고 있습니다. 그래서 증권사 본부장에게 우리 주식을 사고 판 내역을 확인하러 간 겁니다."

"으……."

기어코 서병진의 입에서 참고 참았던 신음 소리가 흘러나왔다.

전달에 비해 20%가량 떨어졌던 주식은 2주 전부터 하락을 멈췄기 때문에 서병진은 안도의 한숨을 돌리며 유미령과 오랜만에 바람을 쐬러 청평 별장으로 갈 수 있었다.

주식이란 게 그런 거 아닌가.

오르기도 하고 내리기도 한 것이 한두 번이 아니었기에 이번에도 그럴 것이라 예상했다.

더군다나 상반기 매출액이 급격히 줄어들어 어느 정도 예상하고 있던 일이었다.

하지만 그가 자리를 비운 사이 이틀 만에 다시 5%가 빠졌다는 말을 듣자 머리털이 곤두섰다.

만약 이 일이 누군가의 사주로 벌어지는 것이라면?

서지영의 민사소송, 그리고 자신의 비자금, 주식의 하락.

물론 그럴 리가 없겠지만 안 좋은 일들이 한꺼번에 발생하자 머리가 한순간 텅 빈 것 같아졌다.

그럼에도 그는 슬그머니 이빨을 깨물며 정신을 차렸다.

거대 그룹의 회장은 아무나 하는 게 아니다.

이런 위기 정도로 쉽게 무너진다면 어찌 대기업을 운영할 수 있겠는가.

최악의 상황에 몰려 서지영과의 소송에서 진다 해도 아깝지만 돈으로 막으면 그만이다.

그리고 비자금 문제도 마찬가지다.

아무런 증거조차 남기지 않는다면 언론이 아무리 지랄을 해도 그를 어쩔 방법이 없을 것이다.

문제는 이 일의 배후에 누군가가 있다면 이야기가 달라진다.

배후가 있다는 것은 그가 알지 못하는 막강한 적이 정동을 노리고 움직인다는 것을 의미하기 때문이었다.

정동그룹의 몰락은 결국 유산의 불법적인 조작이 언론에 노출되면서 시작되었다.

서병진은 국내 최고의 변호사들을 동원해서 서지영의 유언장이 조작되었다며 강력하게 대응했으나 조직적인 제우스의 언론 플레이에 점점 코너로 몰려 들어갔다.

제우스에서는 서병진의 유언장 조작 과정과 당시 변호사였던 이철성의 육성 증언까지 방송국과 신문에 보냈기 때문에 국민들의 여론은 최악으로 치달았다.

더불어 서병진과 서병탁의 횡령 사건까지 언론에 다시 등장하면서 정동의 주가는 연일 곤두박질쳤다.

5,800원이었던 주가가 불과 4개월 만에 3,200원까지 떨어졌는데 회장 일가에 대한 실망과 더불어 정동건설을 비롯한 계열사의 실적에 빨간불이 들어오자 주가는 연일 최저가 행진을 거듭했다.

예나 지금이나 주식 시장의 정보력은 가장 빠르다.

주식 시장을 좌지우지하는 증권사들이 정동그룹이 오래전부터 이상하다는 걸 눈치채고 무차별적으로 주식들을 내다 판 것이 주가 하락의 가장 중요한 이유였다.

물론 배후에는 마이다스 CKC의 작전이 있었다.

마이다스 CKC가 좌판을 깔았고 제우스가 폭탄을 터뜨리자 무더기로 증권사가 가담했기 때문에 신규성이 동원한 금액은 당초 예상했던 것의 30%밖에 되지 않았다.

생각한 것보다 정동의 시장 기반은 취약해도 너무 취약했다.

*　　　　*　　　　*

　서병진의 저택에 동생인 서병탁이 찾아온 것은 일요일 저녁 무렵이었다.

　그의 표정은 상당히 심각했는데 맡고 있는 계열사들도 자금 압박에 시달리고 있기 때문이었다.

　시장은 냉정했다.

　정동이 코너에 몰리기 시작하자 주관은행마저 추가 융자를 거부한 채 그룹사에서 자구책을 마련하지 않으면 자금을 회수하겠다는 압박을 가해왔다.

　그나마 다행인 것은 아직까지 은행과 채권단에서 자금회수를 하지 않고 있다는 것뿐이었다.

　"형님, 혹시 자료가 노출된 건 없습니까?"

　"무슨 자료?"

　"비자금을 말씀드리는 겁니다."

　"너 지금 무슨 소릴 하는 거냐! 비자금이라니!"

　서병진이 소리를 버럭 질렀다.

　피를 나눈 형제였음에도 비자금에 관한 것은 극비 중의 극비였기 때문에 눈앞에서 자신을 빤히 바라보고 있는 동생에게 오리발을 내밀었다.

170 기적의 환생

하지만 서병탁은 절대 믿지 못하겠다는 표정이었다.

"그런데 어떻게 언론이 알고 비자금의 규모까지 보도를 합니까? 뭔가 문제가 있기 때문에 그런 거 아니겠어요?"

"그럴 내가 어떻게 알아. 난 비자금을 만든 적이 없다. 혹시… 이 일이 너 때문에 생긴 거 아니냐?"

"무슨 말씀을 그렇게 하십니까. 나는 비자금의 비 자도 몰라요!"

노려보는 서병진을 바라보며 서병탁이 펄쩍 뛰었다.

그는 형이 오리발을 내밀며 자신에게 덮어씌우자 얼굴이 시뻘겋게 달아올라 있었다.

없긴 왜 없어.

그럼 나는 땅 파서 장사하란 말이야? 눈먼 돈들이 사방 천지에 돌아다니는데 그 정도를 해 먹는 건 일도 아니잖아.

주주들이 내가 그들의 돈을 빼돌렸는지 어떻게 알겠어.

그건 형도 마찬가지 아니야?

비자금이 한 푼도 없다는 걸 누가 믿어. 장난치지 마.

동생한테까지 그렇게 나오면 나도 똑같이 상대해 줄게.

속으로 그런 생각을 하며 서병탁이 표정을 점점 누그러뜨렸다.

여기서 자신의 생각을 곧이곧대로 말한다면 세 살 먹은 어린애나 다름없다.

"형님, 비자금에 문제가 없다면 버틸 수 있습니다. 그 계집애의 민사소송 건은 시간을 끌면서 버티면 되니까요. 안 그렇습니까?"

"내 말이 그 말이다. 걱정할 거 없어. 언론에서 떠드는 건 전부 개소리에 불과해. 네 말대로 시간을 끌면서 천천히 풀어 나가면 돼."

"그런데 형님, 건설 쪽의 수주액이 작년의 절반도 되지 않는다면서요. 건설이 주저앉으면 문제가 커집니다. 해결 방법이 있습니까?"

"그게 이해가 되지 않아. 재수가 없는 건지 이상하게 우리가 들어가는 발주마다 경쟁이 치열하단 말이야. 아파트 분양도 노른자위는 다른 놈들이 벌써 다 차지해서 쭉정이만 남았어. 꼭 귀신에 홀린 느낌이다."

"다른 문제가 있는 건 아니고요?"

"있을 리가 없잖아. 그렇지 않아도 누가 장난치는 건 아닌가 알아봤는데 전혀 낌새가 없어. 정동건설은 발주처에서 신뢰를 받고 있는 기업이다. 무려 30년의 전통을 가진 정동이란 말이다. 곧 정상을 회복할 테니 걱정하지 마라."

"알겠습니다."

"네가 아니라고 하니까 믿겠다. 하지만 처신 잘해. 문제 생기지 않도록 단도리 잘하란 말이야."

"걱정하지 마세요. 그런 일은 없을 테니까요."

서병탁이 자리에서 일어나며 쓴웃음을 지었다.

형이나 잘해.

비자금 만들어놓은 차명 계좌 노출돼서 나까지 엮이게 만들지 말고!

검찰에서 정동건설의 회장실을 덮친 것은 그로부터 3일이 지난 후였다.

익명으로 들어온 제보에 서병진의 비자금 계좌와 횡령 내용들이 상세하게 담겨 있었기 때문이다.

검찰에 깔아놓은 자들이 미리 압수수색에 들어간다는 사실을 알려줬으나 준비할 시간이 너무 부족했다.

앉아서 당했다.

도대체 차명 계좌로 관리했던 것들을 검찰이 어떻게 알았을까.

300억의 비자금을 20개의 계좌로 쪼개서 관리했는데 전부 자신과 아무 상관없는 이름을 사용했기 때문에 검찰이 아니라 검찰 할아비라도 알 수 없는 일이었다.

언론에서 횡령을 떠들었으나 그것도 걱정하지 않았다.

횡령을 했는지 확인하기 위해서는 정동건설을 비롯해서 계열사 전체의 재무제표를 샅샅이 뒤져야 한다.

그 일은 며칠 만에 할 수 있는 게 아니었고 실질적으로 영장을 들고 와도 세부 자료들을 폐기하면 찾아낼 방법도 없다.

언론에서 횡령 운운했을 때부터 세부 자료들을 폐기하라는 지시를 내렸기 때문에 정동 쪽에서는 나올 것이 없다는 자신감을 가지고 있었다.

하지만 그것은 자신의 오판이었음이 금방 나타났다.

전문가를 동원한 검찰이 컴퓨터를 전부 수거했고 관련 자료들을 트럭으로 한 대 분량이나 압수하자 겁이 덜컥 났다.

스스로 직접 확인한 것이 아니었으니 어디서 구멍이 생길지 알 수 없기 때문이었다.

서병탁은 형인 서병진이 검찰 조사를 받는다는 소릴 듣자마자 자신이 가지고 있던 주식을 팔기 시작했다.

계속해서 상황이 반전되기를 기다렸으나 점점 악화될 뿐이었으니 더 이상 기다릴 이유가 없었다.

언론에서는 자신의 이름도 거론되었다.

그 말은 자신도 검찰에 소환당할 위험성이 크다는 걸 의미했다.

본능적으로 정동 전체가 위험하다는 판단이 들었다.

천문학적인 부채.

계속되는 건설사와 계열사들의 저조한 실적, 그리고 형의 구속.

과연 여기서 벗어날 방법이 있을까?

자신은 서병진과 다르다.

형이야 장남이었으니 정동이란 이름을 지키고 싶겠지만 자신은 그렇지 않다.

나부터 살아야 한다는 생각에 그는 가차 없이 자신이 가지고 있는 지분을 현금으로 확보하기 위해 발악을 했다.

머리가 좋은 여동생은 자신보다 먼저 주식을 처분하고 있었기에 더욱 마음이 급했다.

돈이면 살 수 있다.

현금만 확보해 놓으면 남들이 어찌 되든 자신은 떵떵거리며 행복한 삶을 살 수 있다는 판단이었다.

"어떻게 돼가고 있습니까?"

"놈들이 주식을 팔고 있어요. 하지만 그리 많이 팔지는 못했습니다. 그놈들이 한꺼번에 주식을 내놓고 있어 하한가를 벗어나지 못하고 있거든요. 누가 살 사람이 있어야 팔 수 있는 거 아니겠습니까. 정말 어리석은 자들입니다."

"서병진은 어떻게 되고 있죠?"

"검찰에서 증거를 찾아냈다고 합니다. 컴퓨터 하드디스크를 복원했는데 거기에 자료들이 남아 있었다고 하더군요. 더군다나 비자금이 노출되었기 때문에 서병진도 어쩔 수 없을 겁니다. 비자금은 결국 회사 돈을 횡령해서 만들어진 거니까 근거를 만들어낼 수 없거든요."

"그자들이 주식을 팔지 못하게 만드세요. 그놈들이 현금을 확보하게 만들어주면 안 됩니다."

"아까 말씀드린 것처럼 팔고 싶어도 팔 수 없을 겁니다. 워낙 주가가 곤두박질치고 있어서 사람들이 아예 쳐다보지도 않아요."

"우린 얼마나 박혀 있죠?"

"30억 정도 남았습니다. 증권사들이 가담하며 떨어질 때 50% 이상 처분했습니다."

"그건 그대로 두시다가 결정적일 때 쓰십시오. 혹시 무슨 일이 벌어질지 모르니까 보험으로 남겨두세요."

"아깝지 않습니까?"

"아깝긴요, 정동이 수중에 들어오는데 그까짓 30억이 문제겠습니까."

"하하, 그렇긴 하죠."

신규성의 입에서 웃음이 나왔다.

그러면서 최강철을 향해 의미심장한 시선을 보내는 것도 잊지 않았다.

정말 똑똑하고 세심하다.

최악의 상황까지 염두에 두고 30억을 베팅하는 배짱은 아무나 가질 수 있는 게 아니었다.

"얼마나 버틸 것 같습니까?"

"길어봐야 3달입니다. 이렇게 지속되면 결국 법정관리를 신청할 수밖에 없을 겁니다. 그들 힘으로는 어떤 자구책도 마련할 수 없을 테니까요."

"그것도 막아야겠군요."

"당연하죠. 서병진 일당이 그동안 회사를 워낙 개판으로 해놨기 때문에 정부에서도 고민이 될 겁니다. 정부는 정동이 무너지면 타격이 클 수밖에 없습니다. 그럼에도 쉽게 살릴 수 없어요. 지금 국민들 여론이 너무 안 좋아요."

최강철의 질문에 신규성이 빙그레 웃었다.

법정관리는 정부에서 기업을 맡아 운영하면서 회생절차를 밟는 것이었다.

모든 채무는 동결되고 뼈를 깎는 구조조정을 통해 회사를 정상적으로 되살리는 방법이었으나 만약 정부가 법정관리를 받아들인다면 언론을 통해 정동의 기업 사정을 잘 아는 국민들로부터 혈세를 쏟아붓는다는 비난을 면치 못한다.

법정관리를 막아야 하는 이유는 수도 없이 많았다.

법정관리에 들어가면 죄 없는 수많은 직원이 구조조정이란 명분 아래 실직하게 되고 서병진이 다시 살아날 수 있는 발판을 만들어준다.

더불어 정동을 마이다스 CKC의 손아귀에 넣는 것도 어렵게 된다.

정동을 손에 넣기 위해서는 반드시 파산이 되도록 만들 필요성이 있었다.

"정동의 법정관리는 제가 막아보겠습니다. 다른 건요?"

"정동에서 가지고 있는 부채 총액은 전부 합해서 7,500억입니다. 만약 파산이 된다면 인수하는 데 최소 5,000억 이상은 손에 쥐고 있어야 합니다."

"한꺼번에 들어가는 건 아니잖습니까?"

"그건 그렇죠. 방법은 여러 가지가 있습니다. 인수 금액은 담보 융자가 가능하고 몇 년에 걸쳐 지급할 수도 있으니까 당장 들어가는 현금은 1,000억 정도면 충분합니다."

"좋습니다. 그럼 사장님께서 정동 인수 팀을 만들어서 차근차근 준비해 주세요."

"알겠습니다."

"그런데 혹시 인수전에 달려들 자들이 있을까요?"

"그건 두고 봐야 되겠습니다. 워낙 부실해서 많지는 않겠지만 기업 사냥꾼들에게는 충분히 맛있는 먹잇감으로 보일 테니까요."

"무슨 일이 있어도 우리는 정동을 인수해야 합니다. 경쟁자가 생긴다면 무조건 찍어 누르세요. 돈은 얼마가 들어도 상관 없습니다. 아셨죠?"

정동그룹의 비자금 문제와 횡령 사건으로 인해 대한민국이 한바탕 들썩였다.

계속해서 오리발을 내밀던 서병진이 결국 검찰의 집요한 추적조사를 견디지 못하고 자백했기 때문이다.

더불어 서지영에 대한 유산 사기 사건도 법원이 서병진의 죄를 인정하며 재산의 환원을 명령했기 때문에 국민들의 비난은 더욱더 커질 수밖에 없었다.

재벌의 부정과 비리.

대한민국의 현주소를 바라보는 국민들의 감정은 폭발 직전이었다.

정동그룹은 마비 상태에 빠져들었다.

총수 일가가 전부 구속되자 가뜩이나 휘청거리던 정동그룹 전체가 급격하게 주저앉기 시작했다.

그룹 전체의 매출은 시간이 지날수록 떨어졌고 주가 역시 곤두박질치면서 1,000원 이하로 빠져 버렸다.

채권단의 주체인 은행권에서 자금회수에 들어가자 정동그룹은 동력 자체를 완전히 상실해 버리고 말았다.

기업의 생명은 자금이다.

자금이란 피가 흐르지 못하는 기업은 전신마비에 걸려 움직이지 못하다가 고사할 수밖에 없다.

정부에서는 정동그룹의 위기로 인해 대책 팀을 만들어 회생 방법을 강구했으나 결국 법정관리를 포기하고 말았다.

그만큼 정동건설의 부실이 심각했기 때문이다.

더불어 국민들의 감정이 악화된 것이 결정적인 이유였다.

새로 들어선 정권은 국민들의 분노를 대신 받아줄 만큼 어리석지 않았다.

*　　　　*　　　　*

돈 킹이 한국으로 들어온 것은 정동그룹의 법정관리가 무산되면서 언론이 그로 인해 난리가 났을 때였다.

기업은 법정관리가 받아들여지지 않았을 때 채권자에 의해 파산이란 절차를 밟으며 갈기갈기 찢겨지기 때문이다.

그 과정에서 수많은 사람의 눈물이 흐른다.

당장 정동그룹 2만에 달하는 직원이 월급을 받지 못한 채 고통을 받아야 하고, 최악에는 직장을 잃게 되는 결과가 나올 수 있으니 그룹사의 파산은 사회적으로 엄청난 영향을 미칠 수밖에 없었다.

돈 킹의 입국은 정동그룹의 파산으로 몰렸던 언론의 시선을 단박에 끌어모았다.

그의 입국이 최강철의 방어전과 관련이 있다는 판단을 했기 때문이다.

정동그룹의 파산이 아무리 사회적으로 커다란 파장을 가져온 사건이라 해도 최강철의 방어전에 비하면 아무것도 아니었다.

공항에 몰려든 언론들이 최강철의 방어전에 대해 집중적으로 질문했으나 돈 킹은 미소만 지은 채 경호원들에 둘러싸여 공항을 빠져나갔다.

아직, 최강철을 만나지 못했기 때문에 할 말이 없다는 말만 남기면서.

그게 언론을 더욱 안달하게 만들었다.

의미심장한 말이다.

돈 킹이 한 말은 최강철에게 동의를 받아야 발표가 가능하다는 의미를 담고 있었기 때문이다.

그랬기에 언론은 그가 향하는 곳을 향해 벌 떼처럼 쫓아다녔다.

최강철의 경기는 단순한 복싱 경기가 아니라 대한민국 전체의 영광을 위한 전쟁이었기에 국민들은 그의 일정을 눈이 빠지게 기다리는 중이었다.

그러니 어떻게 언론이 두 발을 편히 뻗고 쉴 수 있겠는가.

돈 킹과 최강철이 만난 것은 입국한 다음 날이었다.

그들이 만난 곳은 리버사이드 호텔이었는데 돈 킹이 입국한 후 묵은 곳이었다.

돈 킹은 아예 대놓고 언론을 피하지 않았다.

그것 또한 의미가 있었다.

그가 최강철을 호텔로 오게 만든 건 언론을 피하지 않겠다는 것과 다를 바가 없었다.

최강철이 호텔을 가득 채운 기자들을 뚫고 객실로 올라가자 돈 킹이 활짝 웃으며 반겨주었다.

"허리케인, 어서 오게."

"돈 킹 씨는 올 때마다 이벤트하는 방법이 점점 좋아지는군요. 기자들을 잔뜩 깔아놓은 걸 보니 좋은 소식이 있는 모양이죠?"

"일단 앉지. 이번에는 내가 커피를 타 주겠네."

최강철의 말에 돈 킹이 활짝 웃으며 호텔 룸에 마련되어 있는 바에서 물을 끓여 커피를 타 왔다.

그가 내민 잔을 받아 한 모금 입안에 머금자 지금까지 한 번도 경험하지 못했던 향기로운 냄새가 입안을 적셨다.

"이 커피는 맛이 훌륭하네요. 무슨 커핍니까?"

"자메이카산 블루마운틴일세. 세계 3대 명품으로 알려진 커피라네."

"정말 좋군요. 혹시 남는 거 있으면 저한테도 조금 나눠주시죠."

"그렇지 않아도 자네 주려고 한 통 가져왔네. 하하하, 나는 언제나 자네에게 선물을 주는 사람 아닌가."

"그렇죠. 그럼 커피 말고 어떤 선물을 가져왔는지 들어볼까요?"

최강철이 마주 웃어주며 본론을 꺼내자 돈 킹의 얼굴에서 천천히 웃음이 가라앉기 시작했다.

옆에 있던 윤성호와 이성일의 표정도 슬쩍 굳어졌다.

그들도 이미 돈 킹의 입에서 나올 이야기가 뭔지 짐작하고 있었기 때문이다.

돈 킹의 입이 열린 건 최강철 일행의 시선이 전부 자신에게 몰렸을 때였다.

"밥 애런과 1차적으로 합의한 것은 내년 3월 5일, 장소는 뉴욕의 MGM일세. 파이트머니는 자네가 3,000만 달러. 레너드가 2,000만 달러야. 역사상 최고의 파이트머니지. 자넨 복싱 역사를 새로 쓰고 있는 거라네."

"고생하셨군요. 그런데 경기 일자가 생각보다 너무 늦습니다. 나는 금년 중에 시합을 할 수 있을 거라 기대했는데요?"

"일정상으로 불가능했어. 밥 애런, 그 고집불통이 계속 시비를 걸었기 때문에 실무 협상을 하는 데 시간이 많이 걸렸네. 또, 한 가지는 레너드 쪽에서 금년 중에는 어렵다고 주장하더군. 7월에 시합을 했으니 회복할 시간과 훈련할 시간이 필요하다는 거야."

그때 듣고만 있던 윤성호가 불쑥 나섰다.

그는 돈 킹의 말에 표정이 잔뜩 일그러져 있었다.

"돈 킹 씨, 챔피언은 우리요. 시합 날짜는 그들이 잡는 게 아니라 우리가 잡는 거란 말입니다. 강철이는 레너드와의 시합 때문에 지금까지 방어전을 치르지 않고 있었어요. 무슨 말인지 알아요? 내년 3월이면 강철이가 너무 오래 쉬게 된단 말입니다. 복서가 1년 넘게 쉬게 되면 실전 감각을 잃는다고요. 우린 그런 불리한 조건에서 싸울 수 없소!"

"이봐, 윤 관장. 그래서 내가 직접 온 거 아닌가. 나는 허리케인과 자네들의 의견을 물어보고 싶어서 온 거라네. 금년 중에 방어전을 치르고 레너드와 5월경에 시합을 할 수도 있어. 여기서 결정되면 나는 다시 날아가 그렇게 협상할 생각이야. 허리케인, 자네 생각은 어때?"

"돈 킹 씨는 말을 자꾸 빙빙 돌리시는군요. 저와 함께할 때는 사업가가 되지 않기로 약속했잖습니까."

최강철이 날카롭게 바라보자 돈 킹이 당황한 표정을 지으며 헛기침을 했다.

물론 그렇게 약속을 했다.

최강철의 요구에 의해서가 아니라 자신이 스스로 했던 약속이었다.

하지만 사업가로서의 근본은 자신도 모르게 튀어나올 수밖에 없었기에 이런 기회를 놓치고 싶지 않았다.

레너드가 비록 복귀는 했지만 언제 다시 은퇴할지 모르는 형편이었으니 무조건 이번 기회를 잡아야 했다.

조금 무리가 되는 한이 있더라도 말이다.

"미안하네, 하지만 레너드란 존재가 언제까지 그 자리에 있다는 보장이 없잖아. 이번 기회가 아니면 자네는 레너드와 싸우지 못하게 될 수도 있을 거야."

"이젠 협박도 하시네요."

"협박이라니, 말도 안 되는 소릴세. 사실이야. 그를 너무 오래 기다리게 만든다면 어떤 일이 생길지 몰라."

"기자들을 이렇게 모아놓은 건 일부러 그런 겁니까? 제가 동의하면 빼도 박도 못 하게 발표하려고요?"

"그건 아닐세. 내가 언론을 피하지 않은 건 한국 언론에 대한 배려 때문이야. 자네가 한국 사람이니까 이번에는 먼저 한국 언론에 터뜨려 줄 생각이었네."

"그런 거라면 좋습니다. 돈 킹 씨가 준비한 대로 가시죠. 전설의 복서를 잡는데 그 정도 배려는 해줘야 되지 않겠습니까. 계약서 주세요. 시원하게 사인해 드리겠습니다."

최강철의 경기 일정이 발표되자 대한민국 언론이 전부 뒤집어졌다.

물론 국민들도 마찬가지였다.

전설과 영웅의 대결.

국민들의 반응은 헌즈전 때와 근본적으로 달랐다.

체급을 올려 헌즈와 싸운다고 했을 때 국민들은 걱정으로 인해 잠도 제대로 자지 못했지만 강력한 파이팅으로 압도적인 승리를 거뒀기 때문에 국민들은 레너드전이 발표되자 기대감을 숨기지 않았다.

불리할 게 전혀 없다는 자신감이 있었기 때문이다.

최강철은 무적이다.

어떤 선수가 와도 이길 수 있다는 신뢰.

허리케인 최강철은 2체급을 석권하며 차례대로 전설들을 격파했으니 비록 상대가 레너드라 해도 충분히 이길 수 있다는 자신감이 국민들의 가슴속에 담겨져 있었다.

"휴우, 5개월 남았구만. 김 과장, 5개월이다."

"강조하지 마. 네가 자꾸 그러니까 간신히 가라앉혀 놓은 심장이 다시 벌렁거리잖아."

"크크크… 아우, 생각만 해도 미치겠네. 나는 정말 행운아다. 최강철 같은 놈과 같은 시대를 살아가고 있으니 아마 돌아가신 우리 아버지도 부러워하실 거야."

"미친놈."

류광일이 말도 안 되는 소릴 하자 김영호가 풀썩 웃었다.

그들은 올해 초에 과장으로 동시에 진급했는데 이젠 팀을 맡아 단독으로 해외 영업을 맡는 회사의 중추로 올라섰다.

그럼에도 최강철에 대한 사랑은 변함이 없었다.

그들은 최강철에 관한 기사가 나오면 빠짐없이 봤는데 레너드의 재기전이 끝나고 두 선수가 영화처럼 시합에 동의하자 둘이 끌어안고 만세까지 불렀다.

듀란과 헌즈에 이어 레너드다.

비록 판타스틱4에 해당하는 헤글러가 4월에 타이틀을 반납하며 영원히 링을 떠났기 때문에 아쉬웠지만 레너드와 싸운다는 것만으로도 그들은 꿈을 꾸는 것처럼 행복해했다.

헤글러가 링을 떠난 건 충분히 이해할 만했다.

벌써 그의 나이가 40살이 넘었으니 챔피언으로 은퇴하는 영광을 남긴 그에게 감사의 인사를 해야 한다.

"이번에도 이겨주겠지?"

"당연한 거 아니겠어. 무조건 이겨. 강철이는 무적이야. 레너드가 아무리 뛰어난 테크니션이라 해도 강철이의 불꽃 같은 인파이팅은 당해내지 못해."

"어쩐 일이냐. 맨날 비관적인 전망을 내놔서 나를 열받게 하더니. 이번에는 왜 그래. 너도 늙었니?"

"그럴 만하잖아. 난 이제 최강철에 대한 의심을 전부 버렸다. 무조건 이겨. 그 자식은 상식이 통하지 않는 놈이야."

"좋은 뜻이지?"

"그걸 말이라고 하냐. 내가 비록 매번 불안해했지만 깡철이의 광팬이다. 그놈은 우리나라 역사에 기록돼야 해."

"그거 좋은 생각이네. 교육부에 건의해야겠다."

김영호의 말에 류광일이 킥킥대면서 웃어댔다.

역사 교과서에 최강철의 이름이 나온다는 생각을 하자 저절로 기분이 좋아졌기 때문이다.

그때 김영호가 인상을 찡그리며 허리춤에서 울리는 삐삐를 바라봤다.

삐삐에 적힌 번호는 부장의 집 전화번호였기에 들어 올렸던 맥주잔을 급히 내려놓으며 카운터를 향해 부지런히 뛰어갔다.

돌아온 그의 표정은 심각하게 굳어져 있어 류광일도 덩달아 목소리가 조심스러워졌다.

"야, 부장이 갑자기 왜 그래. 무슨 일 있는 거야?"

"씨발, 정동그룹의 파산이 최종 결정됐단다. 이거 큰일 났네. 일주일만 더 버텨주지. 삼 일 후에 정동모직에서 나오는 물품들 최종 선적을 해야 되는데 차질이 생기는 거 아닌지 모르겠다."

"아이고, 우리 팀도 걔들 거 있는데. 우린 일주일 후에 실어
야 돼!"

"부장이 급히 사무실로 들어오란다. 이거 아무래도 문제가
커질 것 같네. 회사가 파산된 마당에 걔들이 제대로 일정을
지켜주겠어?"

"너 같으면 지켜주겠냐? 빨리 다른 데를 알아봐야지. 바이
어들한테 빌 생각하니까 벌써부터 눈앞이 캄캄하네. 가보자,
상황이 어떻게 돌아가는지 정확하게 알아야 대책을 마련할
것 아니냐."

*   *   *

미국의 사모 펀드 블랙스톤은 기업 사냥꾼으로 유명했다.

유수한 기업들의 주식을 떨어뜨려 자금 흐름을 막고 부실
을 키워 잡아먹는 것으로 악명 높았는데 그들은 지금까지 기
업을 사냥하는 데 한 번도 실패한 적이 없었다.

사모 펀드의 전략은 간단하다.

유망한 기업이 부실에 빠져들 경우 평가액보다 훨씬 적은
금액으로 인수한 후 혹독한 구조조정을 통해 기업의 몸집을
줄여 벌어들인 돈으로 은행 융자를 갚고 2~5년 사이에 되팔
아 막대한 차익을 올리는 방식이었다.

블랙스톤은 오래전부터 정동그룹을 주시하고 있었다.

워낙 덩치가 컸기 때문에 쉽게 달려들지 못했지만 오너 일가의 무능으로 그룹이 서서히 휘청거리자 욕심을 내기 시작했다.

하지만 누군가에 의해 정동의 숨통이 막히고 고사되자 적극적으로 움직였다.

기회다.

정동그룹이 보유하고 있는 부동산은 그 자체만으로도 막대한 수익을 올릴 수 있는 맛있는 먹잇감이었다.

감각적으로 누군가가 정동을 노린다는 걸 알았지만 상관하지 않았다.

어디 임자가 따로 있단 말인가.

부실기업은 먼저 본 놈이 임자다.

그랬기에 그들은 산업 은행에서 정동의 매각을 발표하고 공개입찰을 통해 인수 희망자를 공모하자 즉각 행동을 개시했다.

블랙스톤의 기업 M&A 사업 본부장 미카엘이 직접 전문가들을 이끌고 한국으로 들어온 것은 반드시 정동을 먹겠다는 의지가 그만큼 강했기 때문이다.

실무 담당자 레오나드가 급히 뛰어 들어온 것은 인수 의향서를 제출한 다음 날 점심 무렵이었다.

"본부장님, 참여한 업체들이 전부 결정되었습니다."

"그래, 몇 개 업체야?"

"4개 회사가 들어왔습니다. 우리를 포함해서 론스타와 제로나, 그리고 마이다스 CKC입니다."

"응?"

레오나드의 보고에 미카엘의 표정이 급격하게 변했다.

그의 표정이 변한 것은 레오나드의 입에서 마지막으로 나온 마이다스 CKC 때문이었다.

론스타와 제로나가 덤벼들 것은 이미 예상하고 있었던 일이지만 마이다스 CKC가 들어올 줄은 꿈에도 생각하지 못했다.

마이다스 CKC는 기업 사냥을 하는 놈들이 아니라 유망 기업에 투자해서 수익을 창출하는 화이트 섀도로 최근 급격한 성장을 거듭하면서 막강한 자금력을 확보한 투자 전문 기업이었다.

다시 말해 가는 길이 다르다는 뜻이다.

"레오나드, 당신 생각은 어때?"

"아무래도 우리 예측이 틀린 것 같습니다. 론스타도 당황하는 눈치였거든요."

"제로나는 그런 짓을 할 배짱이 없어. 그렇다면 마이다스 CKC였군."

"가능성이 큽니다. 소문이지만 마이다스 CKC의 최대 주주가 한국인이라는 이야기가 흘러나오고 있습니다."

"이거 점점 재밌어지는구만."

"본부장님, 론스타와 제로나의 전략은 뻔합니다. 놈들은 기껏 해봐야 3,000억~4,000억이 한계입니다. 하지만 마이다스 CKC가 어떻게 나올지 모르겠습니다."

레오나드가 곤란하다는 얼굴로 미카엘을 빤히 쳐다봤다.

기업 사냥꾼들은 반드시 지키는 원칙이 있다.

가급적 예상 실사 금액의 60% 이상을 베팅하지 않는다는 것이다.

그 이유는 위험을 최소화하고 이익을 극대화하기 위함으로 사모 펀드들의 생존 방법이었다.

그랬기에 다른 세계에서 살아가는 마이다스 CKC의 움직임을 예측하기 어려웠다.

놈들은 블랙스톤과 근본이 다른 놈들이기 때문이었다.

한참 고민하던 미카엘의 입술이 벌어진 것은 레오나드가 침묵을 견디지 못하고 꿈틀거릴 때였다.

"내가 여기까지 온 것은 반드시 정동을 먹기 위함이었어. 우리가 예정한 금액보다 20% 올린다. 마이다스 CKC가 정말로 정동을 해치운 놈들이라면 낙찰액은 훨씬 올라갈 거야."

"본부장님, 그러면 위험합니다. 정동 보유의 부동산이 욕심나긴 하지만 리스크가 너무 커집니다."

"상관없어. 그 정도 금액으로 정동을 먹을 수만 있다면 최소 3,000억 이상은 건질 수 있다. 그러니까 내 말대로 진행하도록!"

정동그룹의 주 채권자인 산업 은행은 발 빠르게 움직이며 채권단 회의를 소집하고 매각을 위한 실사에 들어갔다.

정동그룹 12개 회사의 자산을 정밀 실사 해야만 매각 절차를 밟아 나갈 수 있기 때문이었다.

실사는 한 달여에 걸쳐 시행되었고 정동그룹은 갈기갈기 찢겨져 매각 방안이 논의되었다.

방법은 3가지였다.

그룹 전체를 묶어서 매각하는 방안과 몇 개씩 쪼개는 안, 그리고 계열사별로 매각하는 방식 등이었다.

채권단에서는 첫 번째로 그룹 전체를 매각하는 방안을 선정해서 절차를 밟아나갔다.

매수자가 있다면 가장 효율적인 방법이었기 때문이다.

물론 매각 자체는 가장 어렵다.

부실로 얼룩진 그룹을 통째로 떠안으며 위험을 감수할 매수자를 찾는다는 건 쉬운 일이 아니다.

그렇기에 그룹이 파산할 경우에는 대부분 분할 매각이 이루어진다.

가장 노른자 기업부터 차례대로 매각한 후 마지막 떨거지는 아예 공중분해시키는 것이 관례였다.

채권단은 매각 일정에 따라 공개입찰을 통해 인수 희망자를 모집했다.

최강철이 훈련을 시작한 지 3달 동안 정신없이 추진된 것들이었다.

그가 마이다스 CKC를 찾은 것은 신규성이 급한 전화를 해왔기 때문이다.

사무실에는 신규성과 김도환이 같이 앉아 있었는데 얼굴이 꽤나 심각했다.

"무슨 일이시죠?"

"회장님, 인수 희망 기업이 우리 빼고도 3개나 더 들어왔습니다. 전부 미국에 있는 굵직한 사모 펀드들입니다."

"음, 그들이 들어온 이유는 날로 먹어보겠다는 거죠?"

"그럴 겁니다. 성공만 하면 떼돈을 벌 수 있다는 판단을 했을 테니까요. 정동은 기업 가치보다 지니고 있는 부동산이 더 많습니다. 비록 부동산 매각에 실패하면서 파산까지 갔지만 헐값으로 인수에 성공한다면 엄청난 돈을 벌 수 있어요. 그들은 하이에나 같은 놈들입니다."

"실사한 결과는 노출이 되지 않았나요?"

"채권단에서는 극비에 부치고 있습니다. 그들도 최대한 높은 가격을 받아내기 위해 비상이 걸린 상탭니다."

"우리가 조사한 건 얼맙니까?"

"정동이 보유한 부동산이 3,500억, 기업 가치가 3,000억, 도합 6,500억입니다."

"사장님이 저를 보자고 한 건 베팅 금액 때문이겠군요?"

"그렇습니다. 만약 실수를 하게 되면 하이에나들에게 정동을 넘겨줄 수도 있습니다."

"그건 대한민국을 위해서라도 절대 안 됩니다. 부동산 가치는 별반 차이가 없을 테고, 결국은 기업 가치를 얼마로 보느냐에 따라 승패가 달라지겠네요. 그렇죠?"

"정확하게 보셨습니다."

"김 사장님, 그들은 어떤 놈들입니까?"

신규성이 대답하자 최강철의 시선이 김도환에게 돌아갔다.

제우스는 경제 쪽에도 탄탄한 정보 팀을 구축하고 있기 때문이었다.

"신 사장님이 말씀하신 것처럼 놈들은 기업을 사냥해서 되팔아 돈을 버는 놈들입니다. 그동안 그자들이 산 기업들을 분석해 봤는데 부동산은 70%, 기업 가치는 50% 이하로 후려쳤더군요."

"부동산 가치를 후려쳐요? 그게 가능한 일입니까?"

"채권자들의 약점을 알고 있기 때문이죠. 놈들은 채권 은행들이 기업을 팔기 위해 안달이 나 있다는 걸 최대한 이용하는 겁니다. 부동산은 팔아야 돈이 되기 때문에 임자가 없으면 무용지물입니다. 채권단이 울며 겨자 먹기로 팔아넘기는 것도 그 때문이고요."

"그렇다면 그들이 써낼 금액은 어느 정도 될 거라고 예상합니까?"

"저희 경제 팀에서 분석한 바로는 많아봐야 4,000억 수준이라고 생각합니다."

"음… 4,000억이라……."

최강철이 액수를 되뇌며 손가락을 입에 물었다.

그가 생각에 잠길 때마다 늘 하는 버릇이었다.

하지만 그의 생각은 그리 오래 걸리지 않았다.

"신 사장님, 입찰일이 언젭니까?"

"다음 주 화요일입니다."

"그렇다면 우린 6,000억을 써 내세요."

"회장님, 그건 너무 많습니다. 제 생각에는 5,000억이면 충분할 것 같습니다."

"아뇨, 제 말대로 하세요. 그자들이 얼마를 써 내든 무조건 우리가 가져와야 합니다. 정동그룹은 대한민국의 기업입니다. 외국의 하이에나들에게 절대 넘겨줄 수 없단 말입니다. 무슨 뜻인지 아시겠죠?"

　　　　＊　　　　　＊　　　　　＊

　최강철은 레너드와의 시합이 잡히자 늘 그래왔듯이 체력 훈련으로 피지컬을 끌어 올린 후 이성일이 준비한 전략에 맞춰 훈련의 강도를 끌어 올렸다.

　이미 레너드와의 일정에 대비하고 있던 이성일은 면밀한 검토 끝에 가장 효율적인 전략을 제시했다.

　레너드의 복싱 스타일은 아웃복싱과 인파이팅의 경계선에서 움직이며 상대의 전략에 맞춰 경기를 풀어나가는 스타일이었다.

　자신이 가지고 있는 스피드와 천부적인 운동신경을 믿기 때문이었다.

　그는 전설이자 천재였다.

　타고난 감각만으로 본다면 역사상 어떤 챔피언도 그와 비견하지 못한다.

　이성일이 마련한 전략은 그 특수성에 대비한 것이었다.

　복서는 자신의 스타일을 크게 바꾸지 못한다.

　복서가 자신이 계속 끌고 왔던 스타일을 단기간에 바꾼다면 그에 따른 역효과가 너무 커서 오히려 경기를 망치는 요인으로 작용되기 때문이었다.

　그런 면에서 봤을 때 최강철은 커다란 무기를 가지고 있는 게 분명했다.

빠른 발을 이용한 아웃복싱이 가능했고 레너드의 스타일도 소화할 수 있었다.

더군다나 허리케인이라 불릴 정도로 강력한 인파이팅 능력까지 지니고 있으니 최강철을 상대한다는 건 극히 까다롭고 어려운 일이었다.

최강철이 미국으로 떠나는 날 온 국민이 모두 환송을 하면서 승리를 기원했다.

어이없게도 KBS와 MBC는 최강철의 출국 장면을 생방송으로 내보냈기 때문에 많은 국민이 그의 출국 장면을 지켜볼 수 있었다.

떠나는 그의 뒷모습을 보면서 국민들은 간절하게 두 손을 맞잡았다.

기도이자 간절한 소망이었다.

어려웠던 시기에 혜성처럼 등장해서 국민들에게 희망과 용기를 심어주고 있는 최강철의 존재는 이제 그들의 삶에서 가장 중요한 영웅이 된 지 오래였다.

최강철은 뉴욕행 대한항공 퍼스트 클래스에 앉아 활주로를 따라 움직이는 비행기의 진동을 느끼며 창밖을 바라봤다.

이젠 이 장면이 익숙해질 때도 되었으나 이륙하는 순간이 될 때마다 슬며시 가슴이 뛰어왔다.

이제 마지막 순간을 위해 달려가고 있었다.

복싱을 시작하면서 싸우고 싶었던 상대들.

이미 듀란과 헌즈는 격파했고 남은 것은 오직 레너드뿐이었다.

한 가지 아쉽다면 마빈 헤글러가 나이 때문에 자신을 더 이상 기다려 주지 않고 은퇴했다는 것뿐이었다.

그럼에도 그를 비난할 수 없었다.

그는 자신의 삶에 최선을 다했고 더 이상 싸우기 어렵다는 판단을 내린 후 영광스럽게 은퇴를 했기 때문이었다.

슈거레이 레너드.

헤비급에 짓눌려 있던 웰터급을 황금 체급으로 만들며 최고의 전성기를 누리게 만든 장본인이었다.

그가 듀란, 헌즈와 벌였던 명승부들은 지금도 전 세계 복싱 팬들의 뇌리에 남을 정도로 화려했고 아름다웠으며 강렬한 것이었다.

퍼펙트 가이. 다른 별명 없이 오직 전설로 불린 사나이.

그가 펼치는 예술 복싱은 역사상 최고라는 평가를 받고 있지만 결코 두렵지 않았다.

아니, 두려워할 사람은 자신이 아니라 오히려 레너드가 되어야 할 것이다.

자신은 허리케인이다.

레너드가 전성기를 구가할 때의 인기보다 훨씬 더 커다란 복싱 팬들의 사랑을 받으며 지금까지 거칠 것 없이 달려왔고 그가 싸웠던 상대들은 물론이고 더 강한 자들도 꺾어왔으니 두려워해야 하는 건 그가 되어야 한다.

이긴다. 반드시 이길 것이다.

성원하는 모든 사람과 나 자신의 꿈을 위해 반드시 그를 꺾고 그녀 이름을 크게 외치며 활짝 웃을 것이다.

*　　　　*　　　　*

"아휴, 떨려. 소영아, 너도 봤지. 어쩜 눈빛이 저럴 수 있니?"

"이것아, 왜 또?"

"방금 물을 가져다줬는데 날 보고 웃잖아. 그 시선에 나 쓰러질 뻔했어."

퍼스트 클래스를 담당하는 민혜린이 짝꿍인 윤소영을 향해 쓰러지는 시늉을 했다.

사랑에 빠진 여자가 사랑하는 남자에게 애교를 부리는 것과 비슷한 행동이었다.

그랬기에 윤소영이 그녀의 어깨를 밀쳐내며 도끼눈을 부릅떴다.

"이것아, 정신 차려. 나까지 심란하게 만들지 말고!"

"소영아, 너도 떨렸니?"

"나는 뭐 여자 아니냐? 저런 남잘 보면서 떨리지 않으면 그게 정상이야?"

"넌 애인 있잖아!"

"애인은 애인이고, 명품은 명품인 거야. 여자가 명품 보면서 황홀해하는 건 당연한 거 아니겠어?"

"쳇, 말은 그럴듯하네."

"호호, 그런데 정말 분위기 죽인다. 난 말이야, 저 사람이 창밖을 보고 있는데 그냥 조각인 줄 알았다니까."

"아무래도 우리 눈에 콩깍지를 씌운 것 같다. 저 남자 애인도 있다는데 우리가 여기서 뭐 하는 짓이니?"

"그러게 말이다."

자조 섞인 민혜린의 넋두리에 윤소영이 빙그레 웃음을 지었다.

그녀들도 안다.

그를 바라보면서 그녀들의 마음이 떨린 건 단순한 호감 때문이 아니란 것을 말이다.

심리학자 토머스는 여자에 대해 이런 말을 남겼다.

여자들은 언제나 환상을 가지고 살아갑니다. 그 환상의 대상은 여러 가지가 있습니다만 가장 커다란 건 남자에 관한 것입니다. 여자들은 강한 힘을 갖고 있거나 막대한 부를 지닌 남자, 또는 압도적인 외모를 지닌 남자에게 강력한 매력을 느낍니다. 어떤 상황, 어떤 조건에서도 그건 변하지 않는 진실입니다.

*   *   *

신규성은 입찰 결과가 나오는 날 아침 일찍 밥을 먹고 산업은행 본관을 향해 출발했다.

기사가 모는 차를 타고 러시아워 속에서 뒷자리에 앉아 눈을 감았지만 긴장감으로 속이 바짝바짝 타들어갔다.

처음이다.

이런 업무도 처음이었고 최강철이 이렇게 간절히 무언가를 원한 것도 처음이었다.

그래서 더욱 초조했다.

입찰에 참여한 회사들은 전 세계적으로 이름나 있는 사모펀드로서 기업 사냥의 전문가들이었다.

이런 자들과의 싸움을 위해 제우스 정보 팀의 힘을 빌렸지만 이긴다는 확신을 할 수 없어 꼬박 뜬눈으로 밤을 새우고 말았다.

이쪽도 그들을 분석하며 전략을 세웠겠지만 오랜 경험으로 무장된 그들도 마이다스 CKC의 참가를 확인하고 전략을 세웠을 것이다.

산업 은행 본관에 도착해서 입찰 결과 발표 장소로 들어서자 벌써부터 수많은 사람이 몰려 있는 게 보였다.

입찰 결과는 10시에 발표하는 것으로 계획되어 있으니 아직 한 시간이나 남아 있었다.

입찰 관계자들은 20여 명에 불과했고 나머지는 결과를 확인하기 위해 몰려든 기자들이었다.

김도환이 다가온 것은 신규성이 기자들을 본 후 잠깐 걸음을 멈췄을 때였다.

수없이 터지는 플래시 불빛.

마이다스 CKC의 한국 지부장으로 언론에 알려진 신규성의 존재는 모든 기자의 머리에 이번 입찰의 주역 중 한 명으로 각인되어 있었다.

"신 사장님, 좋은 꿈 꾸셨습니까?"

"그럴 리가요. 밤새 한숨도 자지 못했어요. 긴장이 돼서 잠잘 수가 있어야죠."

"저쪽으로 가시죠."

김도환이 신규성의 손을 잡아끌고 사람들이 뜸한 곳으로 이끌었다.

입찰에 참여한 블랙스톤의 관계자들이 이쪽을 빤히 쳐다보고 있었기 때문이다.

"김 사장님, 혹시 들어온 정보가 있나요. 산업 은행 쪽에는 닿는 선이 없습니까?"

"있지만 전혀 새어 나오지 않아요. 그쪽도 지금 전쟁을 치르는 것처럼 비상이 걸려 있거든요. 옆구리를 쑤셔봤는데 절대 말할 수 없다면서 도망가더군요."

"그것 참 미치겠네요."

"조금만 더 기다리시죠. 어차피 주사위는 던져졌잖습니까. 회장님께서 직접 판단하셨으니 좋은 결과가 있을 겁니다."

"그랬으면 좋겠습니다."

그 말을 끝으로 두 사람의 대화가 멈춰졌다.

위로하는 사람이나 위로받은 사람이나 모두 긴장하기는 마찬가지였다.

거의 70여 명이 모인 강당은 사람 숫자에 비해 조용했다.

워낙 중요한 발표였기 때문에 기자들조차 숨을 죽이며 결과를 기다리고 있었다.

이곳에 모인 기자들은 전부 경제 전문 기자들이라 오늘 나올 발표가 얼마나 중요한지 너무나 잘 알고 있는 사람들이었다.

그동안 유사한 사례들을 봤을 때 그룹 전체에 대한 입찰은 대부분 유찰로 끝나는 경우가 많았다.

채권단에서 정해놓은 하한선을 인수 의사를 가진 회사들이 고의적으로 맞추지 않기 때문이었다.

유찰이 되면 채권단에서는 일정 금액을 낮춰 재입찰 과정을 거치기 때문에 인수 의사를 가진 자들이 알게 모르게 담합하는 경우가 많았다.

당연히 적은 금액으로 기업을 사냥하겠다는 의도다.

그리고 고의로 유찰을 시켜 알짜 기업들만 찢어서 매각이 나오도록 유도하기 위한 전략이기도 했다.

쭉정이들은 전부 제거하고 돈 되는 알짜배기들만 먹겠다는 지독한 수법이었지만 채권단은 유찰이 되었을 경우 어쩔 수 없이 그들의 의도대로 따라줄 수밖에 없었다.

죽은 시체를 가지고 있는 건 그들로서는 엄청난 부담이었기 때문이다.

이윽고 굳게 닫혔던 문이 열리며 산업 은행과 채권단 관계자들이 강단으로 들어서는 게 보였다.

그들의 표정은 잔뜩 굳어져 있었는데 꼭 죽으러 가는 사람들처럼 보일 정도였다.

제47장
전설 대 영웅

산업 은행의 입찰 담당 책임자 김태성이 단상에 서자 무수한 플래시가 다시 터졌다.

지금까지는 연습이었고 지금부터가 진짜다.

김태성은 검은 양복에 하얀 와이셔츠를 받쳐 입고 파란색 넥타이를 매었는데, 은행원답게 무척 단정한 모습이었다.

"기다리느라 고생하셨습니다. 먼저 자격 제한에 걸린 회사부터 말씀드리겠습니다. 제로나는 3,200억을 투찰해서 저희들이 제시한 금액을 충족하지 못했음을 알려 드립니다. 그럼 지금부터 정동그룹 매각에 대한 입찰 결과를 말씀드리겠습니다. 1순위, 마이다스 CKC입니다. 입찰 금액은 6,000억입니다.”

“와아!”

김태성의 발표가 나오자 기다리고 있는 신규성과 김도환, 그리고 마이다스 CKC의 실무자들 입에서 환호성이 터져 나왔다.

그들은 서로를 붙잡고 기뻐했는데 얼굴에는 웃음꽃이 가득 피어 있었다.

진행 요원들이 그들을 자제시킨 건 김태성이 발표를 이어나갔기 때문이다.

“2순위는 블랙스톤으로 5,100억이었고, 3순위 론스타는 4,200억입니다. 입찰 금액과 기업 건전성 등을 고려한 종합 점수는 마이다스 CKC가 92점이었으며 블랙스톤이 87점, 론스타가 83점입니다. 따라서 이번 입찰은 마이다스 CKC가 낙찰자로 결정되었다는 것을 알려 드립니다.”

김태성이 발표를 끝내고 뒤로 물러서자 또다시 기자들이 난리법석을 피웠다.

정말 충격적인 발표였기 때문이다.

이번 매각 금액 최대를 4,500억 선으로 예상하고 있었지만 결과는 놀랍게도 6,000억이었다.

기가 막혀 말이 나오지 않았다.

그 정도 금액이라면 정동그룹이 정상일 때도 M&A가 가능할 정도로 큰 금액이었다.

기자들이 김태성을 향해 고함을 지르며 질문을 했다.

그들은 얼마나 어이없었던지 발표 금액이 맞냐며 재차 확인까지 했을 정도로 충격을 받았다.

하지만 블랙스톤의 충격이 훨씬 더 컸다.

그들로서는 모험까지 감행하며 5,100억이란 거액을 써 냈음에도 정동 인수에 실패하자 허탈한 표정을 숨기지 못했다.

특히 미카엘은 웃으며 이야기를 나누고 있는 신규성에게 시선을 고정시킨 채 한동안 눈을 돌리지 못했다.

도대체 마이다스 CKC가 원하는 것이 뭐기에 이런 미친 짓을 했는지 절대 이해할 수 없다는 표정이었다.

최강철은 훈련을 끝내고 돌아와 입찰 결과를 들은 후 기쁨을 숨기지 않았다.

신규성은 흥분된 목소리로 결과를 알려왔는데 이야기 말미에 아쉬움을 나타내는 걸 잊지 않았다.

인수 금액이 너무 컸기 때문이었다.

하지만 최강철은 신규성을 향해 웃어주며 수고했다는 말만 했다.

"사장님, 이겼으면 됐습니다. 그 돈은 국민들에게 돌려준 걸로 생각하면 됩니다. 그리고 향후 우리가 벌어들일 돈을 생각해 보십시오. 그까짓 1,000억은 아무것도 아닙니다. 그러니 너무 안타깝게 생각하지 마세요."

"정말 통도 크십니다."

"곧 언론에서 난리가 날 테니 사장님이 직접 인터뷰를 하십시오."

"무슨 인터뷰를 말씀하시는 겁니까?"

"먼저 정동그룹의 임직원들을 안심시키십시오. 절대 마이다스 CKC는 구조조정을 하지 않을 거란 약속을 하란 말입니다. 그리고 우리가 기업 사냥꾼들이 아니란 것도 알려주세요. 절대 기업을 다시 매각하는 일이 없을 거라는 발표를 하세요."

"허어, 회장님. 그건 너무 성급한 판단입니다. 정동은 썩을 대로 썩었습니다. 잘라낼 가지들이 한두 개가 아니란 말입니다. 그리고 매각에 관한 부분도 마찬가집니다. 시장 상황이 어떻게 변할지 알고 그런 약속을 한단 말입니까. 재고해 주십시오."

"그렇게 해주세요. 잘라내는 건 서병진에게 빌붙어서 회사를 말아먹은 놈들만 쳐내면 충분할 겁니다. 아무런 잘못도 없는 직원들까지 효율성을 핑계로 잘라내면 안 된단 뜻입니다. 무슨 말인지 아시겠죠? 그리고 사장님께 이미 말씀드린 것처럼 나는 정동을 세계 최고의 기업으로 키워낼 겁니다. 그런

내가 정동을 매각할 것 같습니까?"

"음… 알겠습니다."

"인터뷰가 끝나면 인수 팀을 꾸려서 그룹을 접수하십시오. 그리고 내일부터 정동이란 이름은 쓰지 마십시오."

"그럼……?"

"우린 피닉스란 이름을 사용할 겁니다. 정동은 사라지고 피닉스그룹이 다시 탄생하는 것이죠. 어떻습니까. 회사명이 멋있죠?"

"아이고, 언제 또 그런 건 생각하셨어요. 훈련은 안 하시고 다른 것만 생각하시는 건 아닙니까?"

"하하, 제가 정동을 인수하겠다는 생각을 가졌을 때부터 준비한 이름입니다. 불사조처럼 세계를 상대로 날아오른다는 뜻입니다."

"알겠습니다. 최대한 빨리 준비해서 정상 궤도로 올려놓도록 조치하겠습니다. 그런데 본사 대표님께는 제가 보고할까요?"

"아닙니다. 그 사람한테는 제가 알려주겠습니다."

"역시 훈련을 등한시하는 모양이군요. 이번 시합 정말 걱정됩니다."

"걱정하지 마세요. 저는 게으름 피우는 성격이 아니랍니다."

최강철이 전화하자 서지영은 깜짝 놀랐다.

시합이 잡히면 언제나 연락을 끊었기 때문에 그녀는 이제 아예 연락을 기다리지도 않았다.

더군다나 저녁에 전화가 와서 그녀의 놀람은 더욱 컸다.

그녀는 와달라는 최강철의 말에 조금의 망설임도 없이 한달 음에 달려왔다.

어떤 이유도 상관없다.

헤어지자는 말만 아니라면 최강철이 부르는 곳으로 언제든 지 달려갈 수 있었다.

"미안해, 밤에 오라고 해서."

"아냐, 자기 얼굴 보고 싶어서 마구 설레면서 왔는걸."

집으로 들어온 서지영이 시선을 돌려 윤성호와 이성일을 찾았다.

그들은 언제나 최강철과 함께했기 때문에 자연스럽게 찾았 던 것이다.

"관장님하고 성일이는 레드불스에 있어. 난 지영 씨가 보고 싶어서 이곳으로 온 거고."

"정말?"

"하하하, 지영 씨는 내 말을 잘 안 믿는 것 같아."

"그동안 믿게 해주셨어야죠. 그런데 정말… 다른 이유는 없 어?"

최강철의 농담에 농담으로 맞받았지만 그녀는 웃음 속에서도 의심을 풀지 않았다.

당연하다.

사귀는 동안 최강철이 아무런 용건 없이 시합을 앞두고 그녀를 부른 적이 한 번도 없었으니 그녀가 의심하는 건 당연했다.

"정말이야, 정말 지영 씨가 보고 싶었어. 그게 가장 커다란 이유야. 관장님한테는 다른 이유를 대면서 이곳으로 왔지만 나는 정말 지영 씨가 보고 싶었어."

"히잉… 그렇게 말하니까 감동스럽잖아."

"이쪽으로 와. 우리 지영 씨한테 내가 말해줄 게 있어."

"뭔데?"

서지영이 소파로 와서 가만히 앉으며 묻자 최강철의 표정이 더없이 부드럽게 변했다.

"정동그룹을 내가 인수했어. 오늘 결과가 나와서 지영 씨한테 직접 알려주고 싶어서 오라고 했던 거야."

"그게… 정말이야?"

"응."

최강철의 말을 듣고 서지영이 모든 움직임을 멈췄다.

이미 한국 지부에서 추진하고 있는 일들에 대해 매일 보고를 받았지만 막상 정동이 마이다스 CKC의 수중에 들어왔다는 말을 듣자 그녀의 눈에서 눈물이 주르륵 흘러내렸다.

다른 사람들의 기쁨과는 또 다른 눈물이었다.

비록 같이 살지 못한 아버지였지만 정동그룹은 아버지의 피와 눈물이 담겨 있는 기업이었으니 딸로서 기업을 지켰다는 생각에 눈물이 샘처럼 솟아났다.

"그리고 미안하단 말을 하고 싶었어. 나는 앞으로 정동이란 이름을 쓰지 않을 거야. 정동은 역사의 뒤안길로 사라졌어."

"무슨 말이야?"

"정동 대신 피닉스란 이름을 쓸 생각이야. 나는 완벽하게 정동을 새로운 기업으로 재탄생시키고 싶었어. 미안해, 상의도 없이 그렇게 해서."

"강철 씨가 미안해할 필요 없어. 자식들이 정동을 지키지 못했으니 당연한 일이잖아. 새롭게 인수했으면서 기존 이름을 쓴다는 게 오히려 이상하지. 피닉스란 이름 좋네. 꼭 강철 씨를 생각나게 만드는 이름이야."

"이해해 줘서 고마워."

"내가 고마워해야지. 강철 씨, 고마워. 나를 위해서 이렇게까지 해줘서……."

서지영이 눈물을 닦으며 최강철의 품으로 파고들었다.

아버지가 지켜온 정동이란 이름이 사라지는 건 아쉬웠으나 최강철에 대한 고마움이 훨씬 컸기에 그녀는 어떤 미움도 갖지 않았다.

사랑하는 사람은 피닉스란 이름으로 정동을 세계 최고의 기업으로 키워줄 것이다.

그녀가 아는 최강철은 불가능을 모르는 사람이니까.

*   *   *

레너드는 오랜만에 휴일을 맞아 훈련지를 벗어나 가족들을 만났다.

아내는 세 달 만에 만나는 남편에게 진한 키스를 해주었고 아이들은 아버지의 모습을 보면서 반가움에 펄쩍펄쩍 뛰었다.

휴일을 맞아 공원에는 휴식을 취하러 온 사람들이 꽤 많았지만 레너드는 사람들의 눈을 의식하지 않고 가족들과 즐거운 시간을 보냈다.

최강철과의 경기가 확정되기 전부터 훈련을 시작했으니 벌써 5개월째다.

지금까지 복싱을 시작한 이래 이렇게 열심히 훈련했던 적은 몇 번 되지 않았다.

특히 챔피언에 오른 이후에는 길어봐야 3개월을 훈련하고 링에 올랐는데 전설들의 대결이라 불리웠던 듀란전과 헌즈전에도 그건 마찬가지였다.

하지만 은퇴 후 다시 링에 올라 두 번의 경기를 치르는 동안 머릿속을 떠나지 않은 건 오직 최강철을 반드시 꺾어야 된다는 일념뿐이었다.

복싱의 역사에서 수많은 전설이 있었으나 그는 자신이 원톱이라는 생각을 늘 가져왔다.

그것은 적수가 없다며 은퇴를 결심했을 때도 그랬고 은퇴 후 여유 있게 새로운 챔피언들의 경기를 보면서도 변하지 않았다.

그러나 최강철이 최근 3년 동안 폭풍처럼 질주하는 모습을 보면서 점점 자신이 가지고 있던 생각에 균열이 가기 시작했다.

볼 때마다 진화하는 허리케인의 능력은 전율이 일 만큼 대단한 것이었다.

특히 헌즈전 때 보여주었던 그 막강함에 기가 질렸다.

헌즈와는 두 번이나 싸웠기 때문에 누구보다 그가 얼마나 강한 선수인지 잘 알고 있었다.

경기는 일방적이었다.

최강철은 자신을 괴롭혔던 헌즈의 무기들을 전부 무력화시키며 무차별적인 맹폭을 퍼부어 KO로 경기를 끝내 버렸다.

두렵냐고?

그렇지는 않다. 그 경기를 보면서 그가 느낀 것은 피를 끓어오르게 만드는 투지와 흥분뿐이었다.

두 번째 재기전을 승리로 끝낸 후 최강철에게 시합을 하자는 말을 했을 때도 승리를 확신한 건 아니었다.

자신의 컨디션은 전성기 시절에 거의 근접했으나 그것만 가지고는 허리케인을 꺾을 수 있을 거란 자신감이 들지 않았기 때문이다.

그랬기에 존 무가비와의 시합이 끝난 후 건강이 회복되자마자 다시 글러브를 끼면서 이를 악물었다.

최강철과의 승부는 체력에 달려 있다는 게 트레이너들과 밥 애런이 보내준 전문가들의 공통된 의견이었다.

최강철은 모든 복싱 전문가들로부터 찬사를 받을 만큼 완벽한 기술과 스피드를 지니고 있었다.

그러나 전문가들이 더욱 그를 높게 평가하는 건 지칠 줄 모르는 체력과 무시무시한 인파이팅 능력 때문이었다.

자신이 그보다 기량이 떨어진다는 생각은 해본 적이 없었다.

그리고 자신의 천부적인 반사 신경은 헌즈와 다르게 허리케인의 무차별적인 압박을 뚫어낼 만큼 날카롭다.

그랬기에 12라운드를 풀로 가동할 수 있는 체력 훈련에 집중하며 전략가들이 마련해 놓은 전술을 소화하기 위해 구슬땀을 흘렸다.

레너드가 뛰어놀고 있는 아이들을 멍하니 바라보고 있자 아내가 슬그머니 그의 손을 잡아왔다.

"여보, 힘들죠?"

"아니, 괜찮아."

"난 겁이 나요. 그 선수는 너무 강한 것 같아서 잠을 잘 수가 없어요."

"걱정하지 마. 나는 모든 사람이 격찬했던 최고의 선수야. 그가 아무리 강해도 날 이길 수는 없어."

"당신은 오래 쉬었잖아요. 하지만 그 사람은 현역에서 계속 뛴 선수라 사람들은 당신이 질 거라는 말을 하고 있어요. 그때마다 너무 괴로웠어요. 화를 내지는 않았어요. 다만, 그 사람들에게 저는 이렇게 말했어요. 질 수도 있으나 우리 남편은 그냥 지지 않을 것이고, 지금 열심히 훈련하고 있기 때문에 좋은 경기를 펼칠 수 있을 거라고 말했어요."

"잘했어."

"오늘 다시 훈련장으로 돌아갈 건가요?"

"응, 그럴 생각이야. 생각 같아서는 당신과 같이 자고 싶지만 이번만큼은 참으려고 해. 그와의 시합은 내 인생에서 마지막 시합이 될 거야. 이기는 사람이 복싱 역사에 영원히 기록되는 전설이 되겠지. 그게 나였으면 해. 그를 꺾고 모든 사람에게 레너드가 진짜 최고라는 것을 증명하고 싶어."

레너드가 아내의 손을 잡으며 뛰어놀다가 돌아온 아이들의 몸을 끌어안았다.

아이들은 그를 향해 밝게 웃고 있었는데 그 미소는 세상의 근심 걱정에서 벗어난 더없이 순진하고 깨끗한 것이었다.

이 아이들을 위해 이긴다. 나는 반드시 이길 것이다.

점점 시합이 다가오자 전 세계의 이목이 뉴욕으로 쏠리기 시작했다.

금세기 최고의 전쟁.

사람들은 이번 시합을 전설과 영웅의 전쟁이라 불렀다.

무패를 기록한 채 링을 떠났던 전설의 귀환에 전 세계 복싱 팬들은 미친 듯한 환호를 보내주었다.

그의 경기를 다시 볼 수 있다는 것은 복싱 팬으로서 감격스러운 행운이었기 때문이다.

하지만 그 배경에는 최강철이란 존재가 있었다.

허리케인 최강철.

수많은 강자와 전설들을 차례차례 격파하며 최고의 자리를 차지하고 있는 영웅.

그가 있었기에 전설의 귀환이 빛을 발하는 것이다.

얼마나 간절하게 꿈꾸던 대결이란 말인가.

전설들의 대결이 벌어질 때마다 전 세계가 흥분과 긴장으로 술렁거렸지만 최강철과 레너드의 대결만큼 가슴을 설레게 만든 적은 단연코 없었다.

그들은 그야말로 최고 중의 최고다.

시합이 보름 앞으로 다가오자 수많은 언론이 뉴욕으로 날아들었다.

다른 시합과 다르게 두 선수가 모두 일체 언론을 차단한 채 마무리 훈련에 열중하고 있었지만 언론은 두 선수의 근황을 알아내기 위해 몸부림을 쳤다.

그만큼 이번 경기에 쏠린 사람들의 관심이 뜨거웠기 때문이다.

측근들이 던진 작은 한마디가 특종으로 포장되어 날아다녔고, 시합과 관련된 전문가들의 예상평이 나올 때마다 신문 1면을 차지하며 보도되었다.

전 세계 방송국들은 앞다퉈 두 선수가 벌인 경기들을 다시 방송하며 분위기를 끌어 올리고 있었다.

특히 대한민국과 미국의 방송국들은 거의 하루에 한 번씩 두 선수에 관한 것들을 방송했다.

하이라이트로 편집해서 내보내는 것은 기본이었고, 전문가들을 출연시켜 비교 분석 하는 프로그램, 양 선수의 일대기를 담은 다큐멘터리가 연일 방송되며 그들의 대결을 기다리는 사람들의 흥분을 멈추지 못하게 만들었다.

　　　　　　*　　　　　　*　　　　　　*

"강철이 저 자슥, 고등학교 때부터 공부를 엄청 잘했구만. 전교 1등을 독차지했잖아."

"그러니까 서울대 경영대를 수석으로 입학했지."

텔레비전에서는 MBC에서 만든 최강철의 다큐멘터리 프로그램이 방송되고 있었다.

김영호와 류광일은 회사에서 퇴근한 후 단골 맥줏집에 들렀다가 마침 최강철에 관한 프로그램이 나오자 시선을 고정시키고 있었다.

"그러고 보면 정말 난놈은 난놈이야. 저렇게 공부를 잘하는 놈이 왜 권투를 했을까?"

"공부보다 권투를 더 잘하니까 그런 거지. 공부는 세계 1등이 아니지만 권투로는 세계 1등이잖아."

"햐아, 그거 묘하게 설득력이 있네."

김영호의 답변에 류광일이 감탄을 터뜨렸다.

맞는 말이다.

우리나라 사회는 공부를 잘하면 자식이 다른 특기가 있어도 죽어라 가로막는 경향이 있었다.

공부로 성공하는 것이 인생을 가장 행복하게 살 수 있다는 잘못된 부모들의 욕심 때문이었다.

최우용이 떠들거리며 인터뷰하는 모습이 나오는 걸 보면서 김영호가 앞에 있던 맥주잔을 들어 올렸다.

"저 양반은 얼마나 좋을까. 자랑스러운 아들을 두었으니 무척 행복할 거야. 안 그러냐?"

"그런데 조금 이상해. 저 사람 무척 긴장한 것 같아. 텔레비전에 나온 게 처음이라더니 엄청 떠네. 저래서 방송에 나오지 않으려고 했던 걸까?"

"최강철의 가족이 텔레비전에 나오는 건 처음 봤다. MBC가 역시 능력이 좋아."

"이번에는 MBC에서 중계방송하는 거지?"

"응, 저번에는 KBS에서 했잖아. 그러니까 이번에는 MBC 차례야."

"그래도 자식들 똑똑하네. 그냥 서로 하겠다고 경쟁했다면 중계료가 배로 뛴다던데 아주 좋은 결정을 했어. 그것도 세금인데 말이지."

"현명한 판단이야. 아, 그런데 왜 이렇게 시간이 안 가냐. 하루하루가 아주 고통스러워 죽겠다."

"참아라, 지금 이 순간에도 초침은 팍팍 돌아가고 있다."

류광일이 잔을 들더니 벌컥벌컥 마시며 여유 있게 말했다.

하지만 그의 표정은 김영호 못지않게 안달이 나 있었다.

최강철의 시합이 다가오면서 모든 방송과 언론이 난리가 났을 때 가장 바쁘게 뛰어다닌 건 스포츠기자들이었다.

그러나 그에 못지않게 바쁘게 움직인 건 경제부 기자들이었다.

두 달 전 정동그룹을 인수한 마이다스 CKC의 행보가 그만큼 파격적이었기 때문이다.

그들은 그룹 이름을 '피닉스'로 바꾸며 일사천리로 기업들을 정리해 나갔는데 그동안 보여주었던 기업 사냥꾼들과는 판이하게 다른 행보를 보여주고 있었다.

먼저 서병진과 관련된 임원들을 전부 잘라내고 새로운 전문경영인들을 일선에 배치했다.

관련 분야에서 최고라고 손꼽히는 전문가들이었다.

그들의 움직임은 눈부시도록 빨랐고 효율적이었다.

동맥경화에 걸려 있던 건설과 계열사들의 자금 흐름을 빠르게 정상화시키고 있었던 것이다.

모든 부채는 매각 대금으로 정리되었지만 기업을 운영하기 위해서는 막대한 자금이 필요한데, 기업을 인수한 마이다스 CKC는 자체 자금과 신규 은행 융자를 유치해서 풍부한 유동자금을 확보해 나갔다.

"양 기자, 정동의 자금줄을 막았던 은행들이 서로 가져가라며 돈을 빌려주고 있어. 너는 이게 말이 된다고 생각해?"

"은행이 그냥 빌려주겠냐. 다 이유가 있다."

"뭔데?"

"마이다스 CKC 때문이야. 보도된 것보다 마이다스 CKC의 신용도가 훨씬 높은 모양이더라."

"난 이번 정동 사태 전에는 마이다스 CKC란 이름을 들어본 적이 없었어. 취재하면서 그들이 델 컴퓨터와 시스코에 투자한다는 건 알았지만 은행들이 그렇게 껌뻑 죽을 정도라고는 생각하지 않았는데?"

"어제 들어온 정보에 따르면 마이다스 CKC가 1년에 벌어들이는 순수익이 20억 달러나 된단다."

"헉, 20억 달러!"

매일경제의 손석환이 입을 떠억 벌리자 서울경제의 양일평이 어깨를 으쓱거렸다.

그 역시 아직까지 믿어지지 않는다는 표정이었다.

"뉴욕 타임즈의 호프만에게서 나온 정보야. 미국에서 마이다스 CKC는 이제 손가락으로 꼽을 만큼 막강한 투자 기업으로 평가되고 있단다."

"우와!"

"그런 자들이 왜 정동을 인수했는지 모르겠지만 이제 피닉스는 날개를 단 것이나 다름이 없어."

"정말 황당한 일이네."

"마이다스 CKC 한국 지부장 신규성이 며칠 전 MBC하고 인터뷰한 거 들어봤냐?"

"당연히 봤지."

"WORLD BEST, 그게 피닉스그룹의 새로운 비전이란다. 이건 마이다스 CKC가 피닉스를 버리지 않겠다는 증거 중 하나야. 정동기업을 인수하자마자 절대 다시 팔지 않겠다는 발표를 했지만 그걸 믿은 사람이 누가 있었겠어?"

"당연히 없었지."

"그런데 이젠 믿을 수 있을 것 같더라. 직원들을 자르는 구조조정 대신 회사의 조직을 재편하면서 효율성을 높였고 확보한 자금으로 제일 먼저 한 게 직원들의 밀린 월급을 준 거야. 이런 짓을 하는 기업 사냥꾼들을 본 적 있어?"

"음… 그런데 말이야. 나는 한 가지 풀리지 않은 의문이 있어."

"의문이라니?"

"마이다스 CKC가 그렇게 잘나가는 놈들이라면 왜 기업을 운영하려는 거지? 너도 알다시피 투자 집단들은 절대 기업 운영에 손을 대지 않잖아. 기업 운영에 들어가는 돈으로 다른 곳에 투자하는 것이 훨씬 커다란 수익을 벌어들일 수 있거든. 블랙스톤이나 론스타, 그 새끼들이 기업을 사는 것도 되팔아서 수익을 올리기 위한 것이지 기업을 운영하기 위한 게 아니야."

"그놈들은 블랙 섀도고 마이다스 CKC는 화이트 섀도다. 그들이 시스코와 델 컴퓨터에 투자하고 있다는 말 못 들었어?"

"그거야, 델이나 시스코는 미국에 있고 잘나가는 기업이니까 그런 거잖아. 반면에 정동은 한국 기업이고 그중에서도 엉망인 부실기업이었다고!"

"인마, 소리 지르지 마라. 그건 나도 모르겠다. 왜 마이다스가 그 좋은 기업들을 내버려 두고 정동을 선택했는지 누가 알겠어. 많은 사람이 그걸 보고 수수께끼라고 그러는 게 괜히 나온 말이냐!"

*   *   *

정동건설.

이제는 피닉스건설로 이름이 바뀌었지만 기획실의 손무현은 여전히 일손을 잡지 못한 채 동기인 박영찬과 함께 휴게실에 머물고 있었다.

벌써 회사가 박살이 난 지 6개월이 넘었다.

자금이 틀어막혀 회사가 월급을 주지 않은 게 벌써 6개월이나 되었다는 뜻이다.

결혼한 지 5년.

아내는 눈에 넣어도 아프지 않은 두 아이를 끼고 남편의 월급을 눈이 빠지게 기다렸지만 회사는 기어코 파산이란 고통 속으로 빠져들며 그의 가족들을 더욱더 힘들게 만들었다.

가난한 집안의 장남으로 태어나 겨우 대학을 마치고 유수한 건설회사에 입사했을 때 어머니가 흘렸던 눈물이 아직도 눈에 선한데 자신은 이제 실업자가 될 판이었다.

능력 있는 많은 선배들이 새로운 보금자리를 찾아 떠나는 걸 보며 자신 또한 인내의 한계를 느끼고 있었다.

어딜 가면 이보다 못할까?

월급조차 주지 못하는 회사에 남아 이렇게 하릴없이 시간을 보낸다는 건 정말 고민스러운 일이란 생각이 계속 들었다.

그 와중에 파산이 결정되었고 언론에서는 연신 인수 의향서를 제출한 회사들에 대한 보도가 나왔다.

경제학과를 나왔으니 사모 펀드가 뭘 하는 곳인지 너무나 잘 알고 있었다.

언론에서 떠드는 사모 펀드들은 기업 사냥꾼으로 유명한 자들이었고 인수가 되는 순간 혹독한 구조조정이 불을 보듯 뻔했다.

회사가 술렁거렸고 또다시 많은 사람이 짐을 쌀 준비를 했다.

그런데 기적적으로 마이다스 CKC가 회사를 인수하면서 상황이 변하기 시작했다.

블랙스톤이나 론스타 같은 거대 사모 펀드들을 제치고 마이다스 CKC가 회사를 인수하자 직원들의 시선과 귀가 한곳으로 몰렸다.

마이다스 CKC의 정체를 아는 사람은 거의 없었다.

언론에서도 블랙스톤이나 론스타의 인수가 유력하다고 떠들었기 때문에 마이다스 CKC는 아예 관심조차 갖지 않았던 것이다.

서서히 마이다스 CKC의 정체가 드러나자 직원들의 입이 떠억 벌어졌다.

마이다스 CKC는 블랙스톤조차 어쩌지 못할 정도의 엄청난 자금력을 가진 기업이란 게 알려지기 시작했다.

더군다나 기업을 인수해서 팔아버리는 게 목적이 아닌 정직한 투자회사라는 게 알려지면서 직원들은 새로운 희망을 갖기 시작했다.

경제 뉴스의 반이 피닉스그룹과 마이다스 CKC 이야기뿐이다.

언론의 분석은 정동그룹이 마이다스 CKC라는 엄청난 자본을 등에 업고 피닉스그룹으로 재탄생했다면서 커다란 기대감을 숨기지 않았다.

"야, 박 대리. 새로운 사장님이 오후 2시에 중대 발표를 한다는데 그게 뭐냐?"

"그건 모르겠다. 사내 방송에서 어디 그런 것까지 알려준 적 있어?"

"그 양반이 대성건설 톱이었다면서?"

"그래, 건설에서는 전설로 불렸다더라. 리비아 대수로 공사를 비롯해서 중동 쪽에 커다란 공사들을 전부 성공적으로 끝냈다더만. 그가 회사를 그만둔다고 했을 때 대성건설 회장이 잘못했다고 빌기까지 했대. 회장 아들놈이 나이 들었다고 그를 무시했다가 박살이 났지. 하지만 우리 사장이 사과를 받아주지 않았단다. 한번 쪽팔린 건 다시 쓸어 담지 못하는 것이라고 했대."

"정말 대단한 사람이네."

대성건설은 국내 건설 매출액 1위 기업으로 오랜 전통을 쌓아오며 건설 쪽에서는 불가침의 영역을 구축하고 있는 그룹이었다.

거기서 사장을 역임하던 성병국이 피닉스건설로 온다고 했을 때 얼마나 많은 사람이 놀랐던가.

그는 새롭게 시작되는 피닉스건설의 CEO가 되기에는 그릇이 너무 큰 사람이었다.

"무슨 말을 할지 들어보면 알겠지. 그런데 너, 그 소리 들었어?"

"뭐?"

"이번 달 월급이 나온단다. 그리고 보너스도 같이 나온대. 그동안 직원들 고생했다면서 보너스를 100% 준다는구만."

"하아, 이 자식아, 거짓말하지 마. 나도 월급이 나온다는 소린 들었다. 그런데 보너스라니. 넌 왜 만우절에도 통하지 않는 거짓말을 하고 그래?"

손무현이 소리를 빽 질렀다.

월급이 나오는 것도 황송한데 보너스라니. 지나가던 개가 다 웃을 일이었다.

잘리지 않는 것만 해도 황송해서 절이라도 하고 싶은 판에 어떤 미친놈이 새로 기업을 인수하자마자 보너스를 준단 말인가.

하지만 박영찬의 표정은 전혀 변하지 않고 있었다.

"거짓말 아냐. 여기 오기 전에 총부무의 양 대리를 만났는데 걔가 그러더라. 마이다스 CKC 쪽에서 결정한 내용이래."

"후와, 미치겠네. 그 말 정말이야?"

"그 말을 듣는데 소름이 쫘악 끼쳤어. 언론에서 좋아질 거라고 계속 떠들었지만 못 믿었거든. 파산한 기업이 좋아져 봤자 얼마나 좋아지겠냔 생각을 가졌지. 그런데 막상 이런 일들이 생기자 겁이 덜컥 났어. 이러다가 갑자기 나가라고 등을 떠밀 것 같아서. 손 대리, 난 꿈을 꾸는 것 같아. 넌 그렇지 않냐?"

"오버하지 마라. 이것들이 회사를 말아먹기 전에 기름칠 치는 것일 수도 있어. 지켜봐야 해. 하도 많은 놈들이 등쳐서 이젠 의심부터 든다. 그런데 노조 결성한다는 건 어떻게 됐냐?"

"영업 팀의 정 차장이 지금 선배들과 함께 움직이고 있는 것 같더라. 파산 과정에서 노조가 없는 것 때문에 우리가 얼마나 설움을 받았냐. 직원들은 아예 입도 벙긋 못 했잖아."

"맞아, 마이다스 CKC가 어떤 짓을 벌일지 모르니까 이번에는 반드시 노조를 결성해 놔야 해. 만약 다른 놈들처럼 먹고 튀는 거라면 절대 그냥 둘 수 없어. 너도 가입할 거지?"

"당연하지. 난 무조건 가입한다. 이젠 더 이상 앉아서 당하지 않을 거야!"

*   *   *

동물에게 가장 필요한 것은 당연히 먹고, 입고, 자는 것이다.

그러나 사람에게는 그 외에도 즐기는 것이 반드시 필요하다.

사회적인 동물인 사람은 단조롭게 살게 되면 우울증과 스트레스에 시달려 편한 삶을 살아갈 수 없다.

그래서 사람은 친구를 만나고 축제를 열어 그동안 쌓인 스트레스를 풀어내는 것이다.

대한민국이 활기를 띠게 된 것은 일 년에 한두 번씩 열리는 최강철의 경기로 인해 온 국민이 기대와 흥분, 긴장감을 느끼고, 승리를 통해 기쁨과 환호를 내지르며 마음껏 웃고, 울었기 때문이다.

늘 그렇듯이 시합이 점점 눈앞으로 다가오자 대한민국은 초긴장 상태로 빠져들었다.

모든 사람의 관심은 오직 하나, 최강철의 방어전에 몰려 있었다.

정치도, 경제도 최강철의 경기가 벌어지면 거짓말처럼 정지된다.

그것은 사회도 마찬가지였다.

시합일이 되자 대한민국이 완전히 멈췄다.

전설 대 영웅의 전쟁.

대한민국 국민들은 그들의 영웅이 돌아온 전설을 꺾어주길 간절히 기원하며 텔레비전 앞으로 모여들었다.

"강철아, 나 결혼한다."

"미친놈."

"진짜다."

"이 자식아, 너 오늘이 무슨 날인데 장난질이야. 내 긴장 풀어주려고 하는 농담이라면 하지 마라. 재미없으니까."

"두 달 후에 간다. 꽃피는 오월에 연경 씨 면사포 씌워주기로 했어."

"너… 정말이야?"

"그렇다니까."

아침을 먹고 방으로 들어와 휴식을 취할 때 불쑥 다가온 이성일이 주절거리며 이야기를 하자 최강철이 어이없다는 표정을 숨기지 못했다.

결혼을 해?

물론 결혼은 해야 한다. 놈의 나이는 벌써 서른 살이었으니 오히려 조금 늦은 감이 있다.

그런데 그 새털같이 많은 날을 내버려 두고 하필이면 오늘 그 이야기를 하는 이유가 뭐란 말인가.

오늘은 그가 레너드와 물러설 수 없는 한판 승부를 벌이는 날이었다.

"이놈아, 내가 너한테 한두 번 속아봤냐. 벌써 5개월째 나랑 붙어 있던 놈이 무슨 결혼을 해. 믿을 말을 해야 믿지!"

"미국에 오기 전에 프러포즈했다. 연경 씨 나이도 있고 더 이상 미룰 수가 없어서 그렇게 결정했어. 너부터 보내고 갈 생각이었는데 네가 하도 미적거려서 어쩔 수 없었다."

"하아……."

"그러니까 강철아, 오늘 경기 꼭 이겨주라. 새신랑이 결혼하자마자 실업자가 되면 안 되잖냐."

"이런 미친 자식!"

이성일이 빤히 쳐다보자 최강철의 얼굴에 쓴웃음이 매달렸다.

갈수록 교활해진다.

놈의 말만 믿고 진위 여부를 가릴 수는 없으나 놈은 이로써 내가 이겨야 하는 이유를 또 하나 만들어냈다.

"사회는 내가 봐야겠네?"

"당연하지."

"양복은 해줄 거냐?"

"유명 메이커로 맞춰줄게. 아주 비싼 걸로 사줄 테니까 걱정 마라."

"진짜처럼 말하니까 안 믿을 수도 없고. 어쨌든 시합 끝나고 보자. 너 일부러 거짓말한 거면 죽어!"

"경기나 잘해, 이 자식아."

최강철이 도끼눈을 부릅뜨자 이성일이 주섬주섬 물건들을 챙기기 시작했다.

이제 서서히 떠날 준비를 해야 할 시간이었다.

*   *   *

복싱 전문가들과 도박사들은 정확하게 승률을 5 대 5로 예측했다.

처음에는 최강철의 우세가 점쳐졌으나 시간이 점점 흐르면서 도박사들이 먼저 승률을 끌어 내렸다.

최고의 정보력을 지닌 도박사들이 백중세란 결과를 내놓았다는 것은 상황이 그만큼 변했다는 것을 의미했다.

모든 언론과의 접촉을 차단했으나 도박사들은 레너드가 혹독한 훈련을 하면서 이 경기에 철저히 대비해 왔다는 것을 알게 되었다.

정확하게 알 수 없었으나 전설이자 천재인 레너드가 최강철을 이기기 위해 7개월이란 시간을 준비했다는 건 쉽사리 승부를 예측하기 어렵게 만들었다.

최강철은 경기장으로 향하는 차에서 눈을 감고 이어폰을 귀에 낀 채 음악을 들었다.

어제 계체량 행사를 끝내고 공식 기자회견에서 만난 레너드의 모습은 차돌처럼 단단하게 느껴졌다.

그러나 시선을 잡아끈 것은 그의 침묵이었다.

독설가이자 달변가로 알려진 레너드는 기자들의 질문에 거의 단답형으로 대답하며 최대한 말을 아꼈다.

자신 역시 다른 때와 다르게 레너드를 자극하는 어떤 말도 하지 않고 조용하게 앉아 있다가 자리를 떴다.

기자들은 실망하는 기색이 역력했으나 이번에는 어떤 일도 벌이지 않고 싶었다.

경기장에 도착하자 수많은 기자가 몰려나와 차에서 내리는 최강철을 향해 플래시를 터뜨렸다.

최강철은 잠시 제자리에 서서 기자들이 사진을 찍도록 포즈를 취해주며 휘황찬란하게 빛나는 MGM 호텔의 특설 링을 바라보았다.

여전히 아름답고 여전히 눈부시도록 빛나는 저 성에서 오늘 나는 지상 최대의 적과 운명의 한판 승부를 벌인다.

*   *   *

신규성과 김도환은 최근 들어 거의 매일 만나다시피 했다.

피닉스그룹의 가동을 위해 상의할 것이 한두 가지가 아니었기 때문이다.

전문경영인을 배치해서 정동이 가지고 있던 기존 시장을 빠르게 다시 확보했고 서병진 일가의 개들을 차근차근 제거해 나갔다.

WORLD BEST.

최강철이 그들에게 준 숙제였다.

하지만 세계 최고는 단순한 비전만으로 이루어질 수 있는
게 아니다.

그랬기에 그들은 최강철의 오더를 받고 조직을 재정비하는
작업과 중, 장기 전략을 준비하느라 정신이 없었다.

기업의 정신은 리더로부터 나오는 것이고 최강철은 피닉스
그룹의 사훈을 미래에 대한 도전과 청렴, 그리고 세계 최고의
기술력 확보로 정했다.

시간이 필요했다.

피닉스그룹으로 사명이 바뀌었으나 직원들은 기존 정동그
룹에서 일하던 사람들이었기 때문에 의식을 변화시키기 위해
서는 상당한 시간이 필요할 것이다.

그럼에도 신규성과 김도환은 자신이 있었다.

최강철이 출국 전에 그들에게 남겨놓았던 피닉스그룹의 비
전에 대한 실행 계획서가 있었기 때문이다.

거기에는 피닉스그룹의 기업 정신은 물론이고 각 계열사별
로 추진되어야 할 단기, 중기, 장기 과제들이 빽빽이 적혀 있었
다.

정말 오랜 시간을 같이했으나 최강철은 매번 이해할 수 없

을 정도의 능력을 보여주었다.

주력인 피닉스건설은 설계 팀의 강화를 지시하며 사장교, 현수교, 초장대 터널, 4—BAY 건축 기술 등에 관한 기술 확보 내용이 들어 있었고 피닉스제약은 바이오 기술개발과 유전자 기술 확보, 피닉스증권은 모바일을 이용한 트레이더망 구축, 수수료 인하 방안, 기업 분석과 향후 기업 발전에 관한 리포트를 제공하는 것들이 담겨 있었다.

그 외의 계열사도 마찬가지였다.

어디서 이런 아이디어들이 나왔을까. 그들의 머리로는 도저히 알 수 없는 것들투성이었다.

전혀 상상조차 하지 못했던 비전들이었기에 그것을 보며 두 사람은 입을 다물지 못했다.

"김 사장님, 사장님께서는 저보다 훨씬 오래전부터 회장님을 아셨죠?"

"고등학생 때부터 봤으니 벌써 13년이나 되었네요."

"그때는 어땠습니까?"

"저는 그 당시 기자였기 때문에 회장님의 복싱 능력만 봤습니다. 회장님은 불가사의한 운동신경을 가지고 있었어요. 동양인으로서는 보기 드문 체력을 지녔고요. 시간이 지나면서 서울대에 입학했다는 것을 알았을 때 정말 깜짝 놀랐습니다. 복싱 선수가 서울대에 진학한다는 게 말이 된다고 생각하세요? 그것도 수석으로 말입니다!"

"불가능한 일이죠. 저 역시 믿을 수 없었으니까요."

"맞습니다. 그런데 회장님은 불가능한 일들을 계속해서 만들어내더군요. 그래서 이제는 포기했습니다. 제 능력으로는 회장님을 판단하는 것이 무의미하다는 생각을 하게 되더군요."

"휴우, 저 역시 마찬가집니다. 지금에서 말씀드리지만 회장님은 끝없이 뭔가를 진행시키고 있습니다. 지칠 줄 모르는 전차라고나 할까요. 곧 조만간 다시 대형 사건이 터질 겁니다."

"대형 사건이라뇨?"

"회장님은 삼성전자를 노리고 있습니다."

"뭐라고요. 삼성전자요!"

김도환이 눈을 부릅뜨며 엉덩이를 반쯤 일으켰다.

삼성전자는 국내 최대의 기업이었고 삼성그룹의 핵심이었기 때문이다.

신규성의 얼굴에서 쓴웃음이 떠오른 건 김도환의 놀람이 충분히 이해되었기 때문이다.

"어차피 김 사장님은 알고 계셔야 될 것 같아 말씀드린 겁니다. 우리는 벌써 삼성전자의 주식을 2,000억이나 확보한 상탭니다. 그들이 눈치채지 못하도록 찢어서 확보한 거죠."

"으……"

김도환의 입에서 기어코 신음 소리가 흘러나왔다.

2,000억이라면 삼성전자 주식의 7%에 해당되는 거액이었다.

도대체 최강철이 확보하고 있는 자금력이 어디까진지 그는 추측조차 되지 않았다.

피닉스그룹에 이어 삼성전자까지 손아귀에 넣는다면 대한민국 경제는 최강철을 중심으로 돌아가게 될 것이다.

"회장님께서는 삼성전자 인수 시기를 98년으로 잡고 계십니다. 그러니 김 사장님은 지금부터 삼성의 움직임을 예의 주시해주십시오."

"알겠습니다."

              *   *   *

라커 룸에 들어가 준비를 하는 동안 수많은 사람이 들어왔다 나갔다.

돈 킹은 당연했고 WBA 회장과 간부들, 뉴욕시장과 상원의원 등이 인사를 왔다.

하지만 오픈게임이 시작되자 모든 사람이 썰물처럼 빠져나가고 라커 룸에는 오직 최강철 일행만 남았다.

당연한 일이다.

시합을 앞두고 몸을 풀어야 하기 때문에 시합 1시간 전부터는 모든 사람의 출입이 통제되기 때문이었다.

천천히 섀도복싱을 하면서 몸을 풀었다.

늘 그렇지만 이 시간에 자신의 몸을 감싸는 강렬한 긴장감이 너무나 좋았다.

링에 올라가는 순간부터 그의 정신은 오직 상대를 부수는 것에만 집중되기 때문에 긴장감을 느끼지 못한다.

한동안 섀도복싱을 하자 몸에서 서서히 열기가 피어올랐다.

이미 경기장에서는 마지막 오픈게임이 절정을 향해 달려 나가고 있는 중이었다.

"성일아, 한 가지 물어보자."

"뭐?"

"결혼한다는 거 진짜로 정말이냐?"

"그 자식, 의심 더럽게 많네. 정말이라니까."

"그럼 프러포즈는 어떻게 했는데?"

"성당에 손잡고 들어가서 했다. 연경 씨를 성당에 데리고 들어가서 눈을 감게 한 후 하나님께 이야기했어. 이 사람과 평생을 행복하게 함께하도록 해달라고 기도했다. 그리고 반지를 주면서 결혼해 달라고 협박했다."

"이야, 이 자식 로맨티시스트네. 그런데 성당에는 왜 갔어.

종교도 없는 놈이!"

"거기가 분위기 잡는 데는 최고거든."

"이 싸가지. 너, 이 자식아. 그렇게 막무가내로 덤벼들면 하나님이 황당해하셔. 믿지도 않는 놈의 기도를 누가 들어주겠냐."

"바보 같은 놈, 그래도 연경 씨가 감동에 겨워서 펑펑 울더라. 그 정도면 성공한 거 아냐?"

"어… 그건 그렇지……."

이성일의 반론에 최강철이 눈을 껌벅거리다가 고개를 끄덕였다.

과정이야 어떻든 목적을 훌륭히 달성한 이성일이 갑자기 부러워졌던 것이다.

그때 옆에서 왔다 갔다 하던 윤성호가 끼어들었다.

"난 무슨 소리들을 하고 있나 했네. 니들 미친 거니? 지금이 어떤 땐데 그런 소리나 하고 있어? 이 자식들이 시합을 코앞에 두고 그런 이야기나 하고 있으면 어떡해!"

"그럼 어떤 이야기를 해야 되는데요?"

"어떻게 잘 싸울지를 상의해야지. 이게 얼마나 중요한 시합인데 그러는 거냐. 도대체 정신이 있는 거야, 없는 거야? 뭐 이런 놈들이 다 있는지 모르겠네."

"이제 와서 잘 싸우라고 떠들면 뭐 합니까. 이미 항구에서 배는 떠났는데요. 그리고 관장님, 그러는 거 아닙니다."

"내가 뭘?"

"결혼한다는데 축하한다는 말 한 번도 하지 않았잖아요. 나는 관장님 결혼할 때 얼마나 내 일처럼 축하해 줬는데요. 쳇, 너무하십니다."

"어이구, 이놈아. 제발 정신 좀 차려라. 강철이 시합한다고, 레너드랑!"

라커 룸을 나오기 전까지 즐겁게 웃으며 떠들었다.

지상 최대의 적과 승부를 벌여야 했지만 어떤 시합 때보다도 최강철 일행의 분위기는 좋았다.

윤성호와 이성일.

영혼의 파트너인 두 사람은 아예 작정한 듯 번갈아 가며 농담을 던져 왔고 시합을 준비하면서 연신 웃음꽃을 피워냈다.

그들의 의도를 너무나 잘 안다.

그리고 나도 그들과 똑같은 마음으로, 그렇게 싸울 것이다.

라커 룸에 눈부신 조명이 들어오며 진행 요원이 출전해 달라는 사인을 보내왔다.

이미 경기장은 관중들의 함성 소리가 진동하고 있었는데 레너드가 출전한 모양이었다.

복도를 따라 조명을 받으며 천천히 걸어 나갔다.

나를 기다리는 그를 향해, 돌아온 전설을 향해 말이다.

                    *   *   *

　드디어 오픈게임이 전부 끝나자 이종엽과 윤근모의 얼굴이
시뻘겋게 달아오르기 시작했다.

　역사의 현장에 직접 와 있다는 이 감격.

　살아오면서 복싱 캐스터와 해설위원이 된 것을 후회하지 않
았지만 이런 순간을 맞이하자 자신의 선택이 얼마나 잘했던
것인지 새삼스럽게 느껴졌다.

　아마 복싱에 관계된 모든 사람이 이 자리에 있는 자신들을
부러워할 것이다.

　"윤 위원님, 이제 오픈경기가 모두 끝났습니다. 곧 최강철
선수와 레너드의 경기가 펼쳐지게 될 텐데요. 언론에서는 이
번 시합을 두고 금세기 최고의 매치라 평가하고 있습니다. 위
원님은 어떻게 생각하고 계십니까?"

　"의심할 여지가 없다고 생각합니다. 오죽하면 전문가들이
두 사람의 경기를 보며 전설과 영웅의 전쟁이라고 말했겠습니
까. 최강철과 레너드, 이 두 사람은 그야말로 복싱 역사에서
가장 뛰어난 선수들이라고 말씀드릴 수 있을 것 같습니다."

　"두 사람 다 모두 무패의 기록을 가지고 있죠?"

　"그렇습니다. 레너드 선수는 48전 46승 2무의 전적을 가지

고 있습니다. 그중 KO승이 31번이었으니 펀치력도 상당한 편입니다. 반면에 최강철 선수는 잘 알다시피 27전 전승 KO승을 거두고 있죠. 승률 100%에 KO율 역시 100%입니다. 정말 무시무시한 전적입니다."

"도박사들은 이 경기를 백중세로 보고 있다는데 거기에 대해서는 어떻게 생각하십니까?"

"비록 레너드가 3년의 공백을 가졌지만 도박사들은 그가 7개월 동안 최강철 선수와의 시합을 위해 맹훈련을 했다는 걸 높이 산 것 같습니다. 천재가 노력을 장착했으니 충분히 이해가 가는 내용입니다. 그랬기에 저 역시 이번 경기는 백중세로 보고 있습니다."

"승부의 포인트는 뭐라고 보십니까?"

"레너드가 최강철 선수의 막강한 공격력을 어떻게 막아내느냐로 보고 있습니다. 만약 레너드 선수가 최강철 선수의 공격을 효율적으로 막아내며 자신의 스타일로 싸운다면 박빙의 경기가 될 것으로 예측됩니다."

"주특기에 대해서도 간단하게 말씀해 주시죠?"

"최강철 선수의 가장 큰 무기는 역시 폭발적인 인파이팅입니다. 상대를 정신 못 차리게 만드는 콤비네이션 펀치들은 가히 예술적인 경지에까지 올라 있습니다. 물론 상대에게는 두려움의 대상이겠지만 말입니다. 최강철 선수의 진정으로 무서운 점은 어떤 거리에서도 펀치가 나온다는 것입니다. 예리한 각도에서 터지는 쇼트 펀치는 물론이고 거리를 확보한 채 터지는 스트레이트와 혹은 강력한 위력을 가지고 있습니다. 레너드 선수의 주 무기는 빠른 발을 이용한 방어력과 반격 능력이 타의 추종을 불허한다는 것입니다. 그가 거둔 대부분의 KO승은 반격으로 이루어진 것이었어요. 상대의 펀치를 흘려내고 워낙 빠른 펀치들을 쏟아내기 때문에 순식간에 경기가 끝난 것도 상당수입니다. 스트레이트와 양 훅의 연사 속도는 역사상 가장 빠르다는 평가를 받고 있습니다."

"최강철 선수보다 빠른가요?"

"글쎄요. 그건 저로서도 판단하기가 어렵습니다. 펀치 스피드는 최강철 선수도 결코 뒤지지 않을 겁니다. 문제는 어떤 상황에서 펀치들이 나오냐는 거겠죠."

"아, 말씀드리는 순간, 링에 WBA 회장과 관계자들이 올라오고 있습니다. 국민 여러분, 곧 경기가 시작될 것 같습니다! 식전 행사가 끝나는 대로 우리의 영웅 최강철 선수의 경기가 시작됩니다. 잠시 광고 보고 돌아오도록 하겠습니다."

피디의 사인을 보며 마이크를 내려놓은 이종엽이 특설 링을 가득 채운 관중들을 바라보았다.

이 큰 경기장에 빈자리가 없다.

아니다. 그 정도가 아니라 아예 콩나물 시루를 보는 것 같왔다.

이곳에 들어온 관중들은 맨 마지막 스탠드에 앉아 있는 자들까지 전부 사회 지도층 인사들이었다.

평범한 사람들이 무려 3,000달러의 입장료를 내고 여기에 들어올 수는 없는 것 아닌가.

하지만 그것도 공식 티켓 가격에 불과했고 VIP석이 아니었음에도 암표 가격이 2만 달러를 상회했다고 했으니 광란에 젖어 있는 저 관중들이 전부 미친놈으로 보였다.

폭탄이 터지는 것과 같은 관중들의 환호성을 들으며 최강철은 링을 향해 다가갔다.

이미 레너드는 출전해서 자신의 코너에 머물고 있는 중이었다.

바글바글하다.

시합을 하는데 뭔 인간들이 이렇게 득실대는지 링 안에는 사람들로 가득 차 있었다.

윤성호가 로프를 열어주자 최강철은 허리를 숙여 링으로 들어가 두 팔을 번쩍 치켜들며 관중들의 환호에 답했다.

이미 그의 얼굴에는 라커 룸에서 보였던 웃음기가 사라져 있었다.

그것은 윤성호와 이성일도 마찬가지였다.

최강철은 관중들의 환호에 답을 해준 후, 천천히 레너드의 코너로 향해 다가가 글러브를 슬쩍 내밀었다.

그러자 레너드가 마중하듯 주먹을 내밀어 그의 주먹을 툭 쳤다.

"얼굴이 좋군요."

"자네도 그렇군. 인사 와줘서 고맙네."

"별말씀을……."

최강철은 그의 반응에 가볍게 고개를 숙여준 후 자신의 코너로 돌아왔다.

도발이라기보다는 전설에 대한 예의였다.

고마웠다.

영원히 은퇴한 후 돌아오지 않았다면 꿈속에서조차 원했던 그와의 대결은 이루어지지 않았을 것이다.

공식 기자회견에서 봤을 때처럼 레너드는 별말을 하지 않고 그의 인사를 받아들였다.

침묵이 주는 무거움이 그에게서 줄줄이 흘러나오고 있었다.

최강철은 그 무거움을 받아 들고 돌아와 레너드를 한참 동안 쳐다봤다.

대단하구나, 레너드.

당신의 그 침묵은 허리케인을 무너뜨리기 위한 각오겠지.

복싱 역사에서 유일한 전설로 남고 싶어 하는 당신의 마음이 그 침묵에서 절실하게 느껴지는구나.

당신이 천재라는 건 인정한다.

그리고 나를 이기기 위해 혹독한 훈련을 했다는 것도 들었다.

하지만 당신이 나를 이길 수 없는 이유가 있어.

나는 당신과 다른 걸 가지고 있거든.

바로, 내가 모든 것을 포기하고 죽어봤다는 것이야.

죽음을 경험했던 자는 어떤 두려움도, 어떤 미련도 남기지 않고 싸운다. 그게 얼마나 무서운 것인지 곧 당신한테 보여줄게.

$*$ $*$ $*$

"으… 으......"

"야, 신음 소리 좀 내지 마. 신경 쓰여 죽겠네!"

"떨려서 그래. 나도 모르게 신음 소리가 나오는 걸 어떡해."

박정빈이 링 안에서 행사가 치러지는 걸 보며 부들부들 떨어대자 김철중이 핀잔을 주었다.

지금 학생회관은 500여 명이 꽉 들어차 텔레비전을 보고 있는 중이었다.

핀잔을 줬지만 그의 마음도 별반 다르지 않았다.

가슴을 조여오는 긴장감.

애써 긴장을 풀어보기 위해 헛기침도 해보고 몸도 뒤틀어 봤지만 시간이 지날수록 몸이 덜덜 떨려오고 있었다.

"야, 국민의례다. 일어나!"

미국 국가에 이어 애국가가 흘러나오자 학생회관을 가득 채웠던 학생들이 벌떡 일어났다.

그러고는 애국가를 따라 부르기 시작했다.

그들이 부르는 애국가가 메아리가 되어 서울대를 가득 적셨다.

학생회관뿐만 아니라 학교 이곳저곳에 모인 학생들이 전부 소리쳐 애국가를 불렀기 때문이다.

텔레비전에는 이성일이 들고 나온 태극기가 높이 들린 채 화면에 잡혔는데 티끌 하나 없이 번쩍거리며 빛나고 있었다.

그건 최강철의 머리에 두른 태극기도 마찬가지였다.

드디어 국가 연주가 끝나자 사람들의 호흡이 조금씩 가빠지기 시작했다.

"철중아, 강철 선배가 이기겠지? 그렇지? 꼭 이길 거야. 걱정하지 마라."

제가 말하고 제가 답했다.

박정빈은 얼마나 긴장을 했는지 코너로 돌아가는 최강철을 바라보며 중얼대고 있었는데 꼭 미친놈 같았다.

하지만 김철중의 입에서 흘러나온 말도 그리 논리적이지 않았다.

"강철 선배는 울트라 슈퍼맨이야. 전설이고 뭐고 필요 없어. 허리케인이 괜히 허리케인이야? 허리케인은 아마 산도 무너뜨릴걸. 무조건 이겨. 죽어도 이긴다고!"

＊　　　　＊　　　　＊

최강철은 윤성호가 끼워준 마우스피스를 입안으로 밀어 넣고 이빨을 조절하며 장내 아나운서가 소개하는 장면을 지켜봤다.

이미 링에는 모든 사람이 떠났고 장내 아나운서만 남아 있었다.

레너드의 피지컬과 전적이 아나운서의 입에서 흘러나오는 순간 모든 관중이 일어나 기립 박수를 보내주었다.

역시 같은 맥락이다.

돌아온 전설의 용기 있는 도전에 보내는 진심 어린 경의다.

"강철아, 나 실업자 만들지 마라."

"이 자식아, 나도 지면 실업자 된다."

"넌 돈 많잖아."

"아이고, 이걸 친구라고."

옆에서 나선 윤성호가 빠르게 최강철의 어깨를 두드렸다.

그런 후 주문을 걸었다.

"레너드의 발, 그 발을 끝까지 놓치면 안 돼. 경계를 늦추지 말란 말이야!"

"알고 있습니다."

"강철아, 펀치가 흐르면 그냥 있지 않는 놈이다. 카운터를 맞게 되면 그냥 돌진해야 해. 알았어?"

"예."

"선제공격이 들어올지도 모른다. 그땐 어떻게 해야 되는지 알지?"

"관장님, 아나운서가 나를 소개하고 있잖아요. 저 관중들의 함성 소리 들려요? 나도 이런 분위기 좀 만끽합시다."

아나운서의 목소리가 쩌렁쩌렁 울려 퍼지고 있었다.

그리고 그 목소리에 반응하는 관중들의 광란하는 몸짓도 보였다.

그랬기에 최강철은 이미 수도 없이 들었던 윤성호의 말을 중간에서 끊고 다리를 두 번 털어낸 후 링의 중앙을 향해 걸어 나갔다.

때앵!

드디어 공이 울리자 최강철은 천천히 걸어가 레너드의 주먹에 자신의 주먹을 부딪친 후 한 발 뒤로 물러섰다.

레너드의 행동도 그와 비슷했다.

주먹을 부딪치자마자 그는 뒤로 물러서며 사이드로 돌았는데 갑작스러운 공격에 대비하기 위함인 것 같았다.

최강철은 그의 스텝을 보면서 천천히 전진해 들어갔다.

그런 후 불시에 그의 안면을 향해 레프트 잽을 쏘아냈다.

쐐액!

단발 잽이 아니라 연사였다.

한꺼번에 세 번이나 날아간 최강철의 잽은 위빙으로 첫발을 피해낸 레너드의 안면 궤적을 따라가며 그대로 직격했다.

깜짝 놀란 레너드가 뒤로 물러났을 때는 이미 최강철의 레프트 잽이 두 번이나 그의 안면을 훑고 나온 후였다.

빠르다. 그리고 강하다.

최강철의 잽은 스트레이트처럼 위력이 있는 것으로 정평이 났지만 이번에 보여준 레프트 잽은 스트레이트 그 자체였다.

더군다나 회피 동작에 맞춰 궤적을 따라잡았기 때문에 그토록 빠르다는 레너드조차 그의 잽을 피해내지 못했다.

서두르지 않았다.

잽을 맞혔지만 최강철은 곧장 따라 들어가지 않고 거리를 확보한 채 팬케이크 스텝으로 레너드의 이동 경로를 차단하며 서서히 움직였다.

그리고 다시 시작되는 레프트 잽.

마치 창으로 찌르는 느낌.

정확한 거리에서 시전되는 그의 레프트 잽은 워낙 순식간에 작렬했기 때문에 펀치의 시작부터 회수가 눈에 보이지 않을 정도로 빨랐다.

이것이 이성일이 최강철에게 주문한 첫 번째 전략이었다.

선제공격의 첨병 역할을 하는 레프트 잽에서 레너드를 압도하면 경기의 절반을 가져올 수 있다는 게 이성일의 주장이었다.

레너드의 가장 큰 무기인 반격 시스템을 무너뜨리는 게 세 달 동안 꾸준히 레프트 잽을 갈고닦은 이유였다.

마주 잽을 날렸으나 계속 맞는 쪽은 레너드였다.

그만큼 최강철의 레프트 잽은 빨랐고 정확했다.

하지만 레프트 잽만 가지고 경기를 이길 수 있다고는 생각하지 않았다.

레너드 정도의 레벨이 단순한 레프트 잽에 의해 무너진다면 지나가는 개가 웃을 일이다.

예상했던 것처럼 레너드는 잽의 싸움에서 자꾸 손해를 보자 성큼 뒤로 물러나 외곽으로 돌며 거리를 확보했다가 급작스럽게 거리를 좁혀왔다.

위이잉… 윙, 윙.

또다시 최강철의 레프트 잽이 날아가는 순간, 패링에 이은 라이트 스트레이트가 번개처럼 날아왔다.

레너드의 펀치는 절대 단발 공격이 없다.

레프트 잽을 자신의 왼손으로 쳐낸 그는 최강철의 왼손이 회수되기 전 바짝 접근하며 순식간에 스트레이트와 양 훅이 포함된 콤비네이션을 퍼부었다.

펀치가 날아오는 순간 최강철의 허리가 숙여지며 상체가 오른쪽으로 움직였다.

스트레이트를 피하면서 후속 공격인 양 훅은 회수된 왼손으로 스토핑을 걸고, 가딩하고 있던 오른손 훅이 기다렸던 것처럼 레너드의 안면을 노렸다.

레프트 잽을 특화시키면서 적의 반격에 대한 대비책을 놓칠 이성일이 아니었다.

이성일은 레프트 잽을 무력화시키고 반격해 올 경우에 대비해서 역공까지 계획해 놓았던 것이다.

파방… 팡!

레너드의 레프트 훅이 복부를 두드리는 순간 같이 날아간 최강철의 오른손 훅이 레너드의 안면을 강타했다.

휘청.

레너드의 신형이 주춤하다가 언제 그랬냐는 듯 튀어나가는 게 보였다.

역시 대단한 반사 신경이다.

맞는 순간 고개를 돌려 충격을 완화시키는 그의 반응은 지금까지 상대해 왔던 자들 중에서 단연 독보적이었다.

감탄하고 있을 새가 없다.

뒤로 물러났던 레너드가 어느새 레프트 잽에 이은 라이트 스트레이트를 던져왔기 때문이다.

방어력이라면 누구에게도 밀리지 않는다.

그리고 반격 능력도 레너드에게 밀릴 것이란 생각을 가져보지 않았다.

그때부터 둘은 링의 중앙을 돌면서 끝없이 주먹을 교차시켰다.

물론 링의 중앙을 장악한 것은 최강철이었지만 레너드 역시 물러서지 않았다.

그의 작전은 언제나 똑같다.

상대를 링의 중심에 가둬놓고 먹이를 사냥하기 위해 맴도는 초원의 사자처럼 끊임없이 이빨을 드러낸다는 것이었다.

*   *   *

"양 선수, 대단합니다. 1라운드부터 강렬하게 부딪치고 있습니다. 정말 엄청난 스피드입니다. 최강철의 레프트 잽, 빠릅니다. 최강철 선수는 이번 경기를 위해 레프트 잽을 진화시켜 온 것 같습니다. 윤 위원님, 최강철 선수의 레프트 잽으로 인해 레너드가 쉽사리 반격을 하지 못하는 것 같지 않습니까?"

"그렇습니다. 최강철 선수의 레프트 잽, 정말 무섭군요. 저런 레프트 잽은 제가 복싱 해설을 하면서 처음 봤습니다. 오랫동안 최강철 선수의 경기를 지켜봤으나 이런 레프트 잽을 가져온 것은 처음이군요. 레너드 선수는 레프트 잽에서 밀리고 있어요. 하지만 백중세의 경기를 하고 있는 이유는 그의 반사 신경과 스텝이 대단하기 때문입니다."

"말씀드리는 순간, 최강철 선수의 라이트 스트레이트! 피하는 레너드, 레너드 오른쪽으로 돕니다. 라이트 훅! 레너드의 단발 공격. 최강철 선수의 관자놀이를 직격합니다! 그러나 최강철 선수, 암 블로킹으로 막았습니다! 반격, 최강철 선수, 레너드를 따라 들어갑니다. 원투 스트레이트! 라이트 보디. 레너드의 레프트 훅! 최강철 선수 맞았습니다! 쇼트 훅에 걸렸습니다. 그러나 최강철, 그대로 밀고 들어갑니다. 다시 라이트 보디, 레프트! 연속되는 보디 공격. 최강철 선수의 보디 공격이 계속 터집니다. 뒤로 물러서는 레너드. 정신없이 빠른 공수 전환입니다! 1라운드부터 양 선수, 격돌입니다!"

"최강철 선수, 레너드의 연타를 조심해야 합니다! 들어갈 때 레너드의 라이트 단발 훅에 여러 선수가 걸려서 쓰러졌어요. 가딩을 조금 더 올렸으면 좋겠습니다."

"가딩을 올리면 공격 속도가 줄어들지 않습니까?"

"그렇지만 워낙 레너드의 반격이 날카로워서 먼저 조심할 필요가 있어요. 최강철 선수의 맷집이 상당히 좋지만 들어가다 카운터를 맞으면 충격을 받습니다."

이종엽의 질문에 윤근모가 혀를 내밀어 입술을 적셨다.

그만큼 긴장하고 있다는 뜻이다.

링의 중앙에서는 최강철과 레너드가 빛살처럼 빠르게 움직이며 상대를 향해 전광석화처럼 주먹을 날리고 있는 중이었다.

*　　　　*　　　　*

"어떠냐?"

"아직 안 보여주네요. 뭘 준비하고 나왔는지 전혀 노출하지 않습니다."

"펀치력은 어때?"

"견딜 만합니다. 정타를 몇 대 맞았지만 흔들거리지는 않습니다."

"정말 빠른 놈이다. 마크 브릴랜드 못지않은 것 같아."

"그래요. 더군다나 조금만 허점이 보이면 펀치가 날아옵니다. 얼마나 반사 신경이 뛰어난지 정타를 거의 허용하지 않네요."

"그래도 네가 이겼다. 1라운드에서는 레너드가 더 맞았어. 그러니까 이대로 진행하면서 끌고 나가. 저 친구가 뭘 가져왔는지 보자고."

"알겠습니다."

윤성호가 끊듯이 말을 하자 최강철이 고개를 끄덕거렸다.

당연한 말이다.

레너드도 그렇겠지만 자신 역시 준비한 것을 아직 꺼내 들지 않았다.

천재가 무엇을 준비했는지 먼저 봐야 한다.

자신에 대해서 철저히 연구했을 테니 그는 오랫동안 자신을 깨뜨릴 비책을 만들어서 훈련했을 것이다.

보자, 레너드.

당신이 가져온 것을 꺼내봐.

공이 울리자 최강철은 링의 중앙으로 나가며 레너드의 눈을 확인했다.

여전히 침착하게 가라앉아 있었다.

포커페이스.

무슨 생각을 하고 있는지 전혀 알 수 없을 정도로 싸늘하게 가라앉은 눈.

이런 눈은 무섭다.

감정의 기복이 없다는 것은 냉정함을 유지한다는 것이고 자신의 생각을 남에게 노출하지 않음으로써 순식간에 목줄기를 물어뜯을 준비가 되어 있다는 것이다.

쉬익!

최강철은 접근하면서 다시 레프트 잽부터 꺼내 들었다.

연사.

레너드는 최강철의 레프트 잽을 무력화하기 위해 적정 거리에서 한 발 뒤로 물러난 채 외곽으로 돌았다.

공격하고 싶으면 자신의 정면으로 먼저 들어오라는 신호였다.

레프트 잽이 닿지 않는 거리를 유지하자 빡빡한 긴장감이 피어올랐다.

레너드의 코너에서 자신의 레프트 잽이 무섭다는 걸 알고 즉각적으로 내놓은 전략이었을 것이다.

그것을 단숨에 소화해 내는 레너드의 능력도 대단하다.

미리 준비하지 않았을 게 분명한데 그는 한 치의 흔들림도 없이 정확하게 레프트 잽의 범위에서 벗어나 움직였다.

공격하기 위해서는 한 발 더 들어가야 한다.

하지만 그 한 발이 레너드에게는 반격을 할 수 있는 절호의 기회가 될 것이다.

더군다나 레너드는 최강철이 펼치는 팬케이크 압박 스텝을 간단하게 격파하며 계속 링을 돌았다.

백스텝과 사이드스텝의 정교한 조화.

레너드는 두 가지 스텝만으로 팬케이크 스텝을 격파하는 묘기를 보여주었다.

그것이 가능한 이유는 바로 스피드다.

오랜 링 경험으로 여러 번 팬케이크 압박 스텝을 당해봤기 때문에 가능한 일이었을 것이다.

그럼에도 최강철은 잠시도 쉬지 않고 그의 전권으로 파고들었다.

자신이 준비한 전략을 시행하기 위해서는 레너드가 쉴 수 없도록 만들 필요가 있었다.

레프트 잽이 레너드의 거리 확보로 무력화되었으나 최강철의 공격 전체가 무력화된 것은 아니다.

압박.

레너드의 거리를 무너뜨리며 파고든 최강철은 꾸준히 전진해서 복부와 안면을 향해 연타를 날렸다.

치고받는 난타전.

레너드는 단 한 번도 최강철의 공격에 그냥 물러나지 않왔다.

반드시 반격을 가한 후 뒤로 빠졌는데 그냥 빠져나가는 게 아니라 언제든지 공격할 수 있도록 오른쪽으로 돌았다.

수없이 치고받는 격전.

이걸 보고 뭐라고 해야 할까.

소문난 잔치는 먹을 것이 없다고 했지만 두 선수의 경기를 지켜보는 관중들은 이미 자지러질 대로 자지러져 있었다.

눈이 호강한다.

엄청난 능력을 가진 강자들의 경기를 지켜봤지만 이런 경기는 처음이다.

복싱을 보는 것이 아니라 예술을 보는 것 같은 느낌이었다.

펀치의 교환이 마치 정교한 기계가 맞물려 돌아가는 것 같았다.

단 한순간도 쉬지 않고 상대의 움직임에 맞춰 최적화된 동작을 만들어내고 있는 최강철과 레너드는 그들이 왜 최강의 자리에 있는지를 알려주었다.

긴장의 연속.

예술 속에 담겨 있는 시퍼런 칼날.

양 선수가 주고받는 펀치에 숨겨져 있는 살기가 오금을 저리게 만들 정도다.

그랬기에 관중들은 일어선 채 환호성도 지르지 못했다.

끝없이 밀려드는 긴장감은 그만큼 압도적이었다.

*　　　　　*　　　　　*

"아우, 오줌 쌀 뻔했네."

"나도 그랬어. 난 빤쓰에 조금 지린 것 같다."

미친 듯이 달려서 화장실에 다녀온 김영호와 류광일은 서로를 바라보며 쓴웃음을 지었다.

5라운드가 끝난 지금까지 팽팽한 경기가 진행되고 있었다.

1라운드에서만 약간 우세를 보였던 최강철은 레너드의 파이팅에 말려들어 효율적인 공격을 보여주지 못하고 있었다.

하긴 그건 레너드도 마찬가지다.

두 선수의 방어력은 정말 환상 그 자체였다.

한 방, 한 방에서 나오는 펀치들이 전부 강력한 위력을 가지고 있었지만 두 선수는 기가 막힌 방어력으로 상대의 펀치들을 흘려내고 있었다.

그럼에도 긴장감으로 잠실 야구장이 폭발할 것 같았다.

언제 어떻게 무슨 일이 생길지 모른다.

레너드는 먹이를 노리는 맹수처럼 최강철의 주위를 빙빙 돌며 펀치를 내고 있었는데 반격하는 속도와 위력이 관중들의 몸을 움찔거리게 만들 만큼 무시무시했다.

"역시 레너드야. 강철이 공격을 저리 쉽게 피하는 놈은 처음이야."

"휴우, 그러게 말이다. 더군다나 워낙 스피드가 빨라서 접근전도 쉽지 않아. 저놈 발은 모터를 달아놓은 같아."

"기다려 봐. 강철이가 아직 인파이팅에 시동을 걸지 않았어. 레너드가 아무리 움직임이 좋아도 강철이의 인파이팅에 걸리면 끝내 잡힐 거다."

"그랬으면 좋겠다. 그런데 이상하게 기분이 좋지 않아. 레너드가 뭔가를 기다리고 있다는 생각이 자꾸 든단 말이야."

"야, 전문가. 너 왜 사람 불안하게 만들어. 왜! 뭐가 이상한데!"

"그냥, 느낌이 그렇다고. 야, 시작한다. 조용해."

김영호가 류광일의 움직임을 제어하며 화면을 향해 시선을 돌리자 주변 사람들이 그를 따라 눈을 고정시켰다.

이제 김영호는 주변 사람들에게 해설자가 되어 있었다.

시합 전부터 워낙 해박한 복싱 지식을 떠들었기 때문에 주변 사람들은 쉬는 시간마다 그의 말에 귀를 쫑긋 세웠다.

*　　　　*　　　　*

"정말 철저히 준비해 나왔구나. 저 자식, 네 펀치 패턴을 읽고 있어."

"알고 있습니다."

"이대로 끌고 나가면 위험하겠다. 네 생각은 어때?"

"스텝이 조금도 달라지지 않고 있어요. 체력 훈련이 그만큼 많았던 것 같습니다. 이 정도 압박 가지고는 안 될 것 같습니다."

"아직은 일러."

"아뇨, 뒤로 갈수록 더 부담되는 경기를 해야 해요. 지금이 타이밍인 것 같습니다."

윤 관장의 우려에 최강철이 머리를 흔들자 가만히 지켜보고 있던 이성일이 나섰다.

"강철아, 아직 레너드는 준비해 온 걸 꺼내지 않았어. 지금까지 경기는 주로 네 공격을 차단하고 반격하는 수준이었단 말이야. 조금 더 지켜보는 게 어때?"

"뭘 기다리는지 몰라도 더 이상은 안 돼. 판정으로 가면 불리해져. 점점 레너드의 경기 패턴이 올라가고 있단 말이야."

"고집부리지 마!"

"그냥 나한테 맡겨라. 실업자는 만들지 않을 테니까."

최강철은 소릴 지르는 이성일을 향해 빙긋 웃어주고 의자에서 일어났다.

그런 후 천천히 링의 중앙을 향해 걸어 나갔다.

6라운드.

최강철은 여전히 같은 패턴으로 레너드를 압박해 들어갔다.

대단하다, 레너드.

같은 패턴의 경기가 계속되자 점점 펀치의 효율성에서 밀린다는 느낌이 들었다.

자신이 루시퍼에게 받은 운동신경은 인간계에서 가장 뛰어난 것이었으나 레너드도 그에 못지않은 것 같았다.

더군다나 무패를 기록하며 쌓아왔던 링 경험으로 그는 효율적인 방어와 반격을 병행하며 꾸준히 자신을 괴롭히고 있었다.

하지만 지금부터는 다를 거야.

네가 먼저 꺼내 들지 않는다면 내가 먼저 하지.

최강철은 레너드가 만들어놓은 거리를 무너뜨리며 빠르게 파고들었다.

자신의 콤비네이션 펀치를 꺼내 들면서.

드디어 시작된 공포의 콤비네이션 펀치.

허리케인이란 별명을 만들어냈던 그의 콤비네이션 펀치들이 레너드의 전신을 향해 작렬하기 시작했다.

그러나 레너드의 대처는 눈부셨다.

최강철이 콤비네이션 펀치를 꺼내 들자 그는 외곽으로 돌던 스텝을 멈추고 빠르게 뒤로 물러나며 빠져나갔다.

같이 부딪치지 않겠다는 의도다.

공격에 실패한 최강철의 얼굴에서 슬그머니 웃음이 떠올랐다.

이것도 준비한 거냐.

하지만 너무 단조로운 거 아냐?

당신의 스피드가 빠른 건 인정하지만 내 스피드도 그에 못지않다는 걸 왜 몰라!

뒤로 물러난 레너드를 향해 최강철이 폭발적인 스피드로 따라붙었다.

공격에 실패해도 상관없다.

당신이 어떤 훈련을 해왔는지 모르겠지만 나는 나만의 스타일로 당신을 부술 것이다.

위잉, 위잉… 윙!

기어코 레너드의 스텝을 따라잡은 최강철이 전광석화처럼 칼을 꺼내 들었다.

복부에 이어 안면으로 올라오는 전매특허 허리케인 콤비네이션 펀치들이 레너드를 향해 터지기 시작했다.

레너드가 위빙과 더킹, 암 블로킹과 패링 등 모든 방어 기술을 동원해서 막았으나 최강철의 공격을 완벽하게 차단한다는 건 불가능에 가까운 일이었다.

손을 붙잡고 긴장한 채 지켜보던 관중들의 입에서 드디어 함성이 터져 나왔다.

불꽃 같은 최강철의 공격이 시작되기를 간절히 바라던 관중들은 기어코 고대하던 장면이 연출되자 서서히 발광 속으로 빠져들어 갔다.

최강철은 피하는 레너드를 계속 따르며 펀치를 연사했다.

도망가게 만들면 이 공격에 의미가 사라진다.

그때 빠른 스텝으로 뒤로 물러서던 레너드의 신형이 갑자기 멈췄다.

그런 후 최강철의 콤비네이션 펀치에 맞서며 무수한 펀치들이 폭발적으로 터져 나왔다.

기습이다.

콰앙……!

레너드의 라이트 훅이 남산만 하게 보이며 눈앞으로 불쑥 다가왔다.

피하기 위해 혼신의 힘을 다해 고개를 돌렸으나 이미 늦었다.

머리에서 환한 불빛이 피어오르며 정신이 멍해졌다.

쓰러지지 않기 위해 이를 악물었으나 뇌에 전해진 충격에 균형이 무너지며 캔버스 위를 뒹굴었다.

이런 젠장…….

　　　　　*　　　　　　*　　　　　*

　"최강철 선수, 공격을 시작했습니다! 관중들의 함성 소리가
터져 나옵니다. 드디어 허리케인의 본색을 드러내고 있습니다.
원투 스트레이트. 이어지는 양 훅, 어퍼컷! 엄청난 펀치 세례입
니다. 레너드, 도망가느라 정신이 없습니다. 그러나 최강철, 빠
르게 따라붙습니다. 최강철 선수의 스피드는 레너드의 스피
드에 비해 느리지 않습니다. 다시 시작되는 펀치 샤워. 레너드
쩔쩔맵니다. 악! 레너드 반격합니다! 최강철 선수… 다운입니
다! 이게 웬일입니까. 최강철 선수가 다운되었습니다!"

　"기습을 받았습니다! 레너드가 기다리고 있었던 것 같습니
다. 충격이 있습니다!"

　"레프리가 카운트를 셉니다. 최강철 선수, 일어나 주기를 바
랍니다. 아… 이게 웬일입니까!"

　이종엽의 안색은 이미 하얗게 질려 있었다.

　당연히 옆에 있던 윤근모도 벌떡 일어난 채 안타까움에 젖
어 어쩔 줄 모르는 중이었다.

　최강철이 압도적인 러시를 시작하자 흥분해 있던 관중들은
레너드의 반격에 최강철이 쓰러지자 경악이 담긴 함성을 질러
대고 있었다.

지금까지 한 번도 캔버스에 쓰러지지 않았던 최강철의 다운
에 모두 충격을 받은 모습이었다.

　"최강철, 카운트 7에 일어났습니다! 괜찮은 것 같습니다. 최
강철 선수, 두 주먹을 들어 올려 보입니다. 다시 경기 시작됩
니다! 도망가야 합니다. 충격이 풀릴 때까지 견뎌야 합니다.
다가서는 레너드, 가공할 공격을 퍼붓습니다! 최강철 선수, 반
격하지 않고 뒤로 물러섭니다. 조심해야 합니다! 최강철 선수
견뎌내 주길 간절히 바랍니다."

　"아직 1분이나 남았습니다. 대주면 안 됩니다. 빠져나가야
합니다!"

　"충격이 남아 있는 것 같습니다. 더킹으로 피하는 최강철!
그러나 레너드, 물러서는 최강철을 그냥 내버려 두지 않습니
다. 쫓아갑니다. 강력한 라이트 스트레이트! 피했습니다. 사이
드로 돌아야 됩니다. 피해야 됩니다!"

　"주먹을 내면 더 위험합니다! 일단 충격에서 회복하는 게 중
요합니다. 가드를 하면서 뒤로 물러나야 됩니다."

　"아… 이걸 어쩝니까. 최강철 선수, 로프에 기대고 있습니
다. 레너드의 일방적인 공격! 이때 최강철 선수의 쇼트 훅! 레
너드 맞았습니다! 앞으로 나오는 최강철, 원투 스트레이트. 아
직 괜찮은 것 같습니다. 펀치의 날카로움이 살아 있습니다!"

　핀치에 몰렸던 최강철이 로프에서 벗어나며 반격을 가하자

곧 죽을 것 같았던 이종엽의 목소리가 하늘을 뚫고 올라갈 것처럼 커졌다.

누가 캐스터고 누가 해설자인지 알 수 없을 지경이었다.

이종엽과 윤근모는 번갈아 가며 떠들고 있었는데 최강철이 대미지에서 벗어난 모습을 보여주자 하나님께 고맙다고 기도하는 표정을 지은 채 미친 사람처럼 떠들어댔다.

*　　　　*　　　　*

"아악!"

잠실 경기장이 한꺼번에 비명으로 사로잡혔다.

공격을 하던 최강철이 레너드의 반격으로 인해 다운을 당하자 잠실 경기장을 가득 채웠던 2만 명의 국민이 동시에 머리를 쥐어뜯었다.

뒤로 벌렁 쓰러졌던 최강철의 모습이 너무나 낯설었다.

언제나 가공할 파괴력을 보여주며 국민들에게 통쾌한 승리를 안겨주었던 최강철의 다운은 충격 그 자체였다.

다시 일어난 최강철이 계속 공격을 당하자 사람들은 두 손을 붙잡고 온몸을 떨어댔다.

"강철아, 힘내라. 강철아!"

"뒤로 도망가. 도망가란 말이야!"

"아이고… 맞으면 안 돼, 이 자식아! 제발 도망가라고!"

김영호와 류광일이 번갈아 가면서 소리를 버럭버럭 질렀다.

그건 다른 사람들도 마찬가지였다.

누가 들어도 상관없다.

오직 이 순간은 최강철이 충격에서 벗어나 주기를 간절히
바랄 뿐이었다.

느리게 가는 시간이 더없이 원망스러웠다.

무려 1분이나 남은 이 시간이 그들에게는 영원처럼 느껴질
정도였다.

김영호와 류광일의 얼굴이 하얗게 변한 것은 뒤로 물러서
며 레너드의 공격을 피하던 최강철이 로프에 묶여 일방적으
로 공격당할 때였다.

"피해, 제발… 피해!"

"빠져나와. 거기 있으면 안 돼! 강철아, 힘 좀 내. 여기서 지
면 안 돼!"

레너드의 공격이 계속되자 김영호의 얼굴이 붉어지기 시작
했다.

어려운 경기.

최강철은 충격에서 벗어나지 못하고 있는 것 같았다.

패배.

생각하기조차 싫은 단어다.

최강철이 패배한다는 건 대한민국 전체가 지는 것이라고 생각했다.

그랬기에 그의 눈에서는 어느새 눈물이 그렁그렁 맺히고 있었다.

이미 여자들은 비명 속에서 눈물을 흘리는 중이었다.

마치 사슴의 울음소리처럼 그녀들의 비명은 애처롭고 날카로웠다.

눈물의 애원.

이 위기를 이겨내 주기를 간절히 바라는 염원이었고 소망이었다.

그 소망이 기적을 일으킨 것일까.

최강철이 갑자기 힘을 내면서 레너드의 안면을 두들기고 앞으로 전진해 나오자 잠실 야구장에 있던 모든 사람이 원자폭탄이 터진 것처럼 함성을 내질렀다.

"그래, 강철아. 죽여, 죽여!"

*   *   *

힘들었던 6라운드가 끝나고 코너로 돌아오자 윤성호가 물병을 들어 최강철의 얼굴에 뿌렸다.

조금이라도 더 정신이 들게 만들기 위한 행동이었다.

윤성호와 이성일의 얼굴은 시뻘겋게 달아올라 있었는데 얼마나 소리를 질렀는지 목소리가 쉬어 있었다.

"잘 버텼다. 괜찮아?"

"괜찮습니다."

"씨발, 저 새끼가 준비한 게 졸트(Jolt)였구만. 거기에 네 콤비네이션 패턴을 정확하게 분석하고 나왔어."

윤성호가 이를 갈며 최강철의 목덜미를 풀어주었다.

다운을 당했을 때 목에 충격이 갔기 때문이었다.

정확한 분석.

레너드는 최강철이 사용하는 콤비네이션 펀치에 맞서기 위해 졸트(Jolt) 콤비네이션을 만들어놓았다.

졸트(Jolt)는 팔꿈치를 옆구리에 붙이고 예리한 각도에서 뿜어내는 펀치로 스피드를 최대화시키는 기술이었다.

쉽게 이야기해서 일반적인 펀치 콤비네이션보다 한 박자 빠른 펀치란 이야기다.

최강철이 당한 것도 그 때문이었다.

더군다나 뒤로 도망가다가 급작스럽게 날아온 기습이었기 때문에 제대로 방어를 하지 못한 게 원인이었다.

"어쩔래?"

"다시 해야죠. 레너드가 준비한 게 졸트라면 같은 방법으로 싸우겠습니다."

"넌 졸트를 연습하지 않았잖아!"

"대신 쇼트 콤비네이션이 있잖습니까. 그거면 졸트와 충분히 싸울 수 있습니다."

"그러기 위해서는 레너드의 발을 묶어놔야 해."

"묶어야죠. 어차피 둘 중의 하나는 죽습니다. 그리고 죽는 건 레너드가 될 겁니다."

레너드는 휴식을 끝나고 나온 최강철이 생생한 모습을 보이자 금방 공격을 가해오지 않았다.

여전히 냉정했고 여전히 차가웠다.

오히려 공격에 나선 것은 최강철이었다.

최강철은 어느새 회복된 빠른 스텝으로 링 주위를 돌면서 기회를 노리는 레너드를 향해 폭발적으로 뛰어들었다.

레너드가 물러섰으나 자석처럼 따라붙었다.

떼어내기 위해 몸부림을 치는 레너드의 스텝과 펀치가 무차별적으로 쏟아져 나왔으나 최강철은 가드를 바짝 올린 채 끝없이 따라붙었다.

함부로 펀치를 난사하지 않았다.

복서에게 가장 위험한 순간은 펀치를 내기 위해 가딩이 무너졌을 때였다.

더군다나 레너드 같은 선수에게 공격을 하다가 허점이 노출되면 6라운드처럼 불의의 일격을 받게 된다.

최강철은 레너드가 숨겨놓았던 비장의 무기를 확인하자 즉시 대처 방안을 마련하고 압박을 가했다.

아무리 졸트 펀치가 예리해도 완벽한 가딩을 뚫기는 쉽지 않기 때문이었다.

그것이 지금 증명되고 있었다.

강력한 압박에 레너드가 순간순간 멈추며 다운을 시켰던 졸트 펀치를 폭발시켰지만 최강철은 완벽한 가딩으로 막아내며 쇼트 펀치를 복부에 집중했다.

조금이라도 레너드의 스텝을 무디게 만들기 위함이었다.

오늘 이 시합을 위해 이성일이 준비한 것은 바로 이 복부 공격과 체력전이었다.

레너드는 최강철보다 8살이 더 많다.

그가 아무리 혹독한 훈련을 했다 하더라도 근본적으로 나이에서 오는 체력 저하가 최강철보다 심할 것이라는 판단이었다.

더군다나 최강철의 체력은 12라운드를 풀로 뛸 만큼 대단했기에 이성일은 주저 없이 이 전략을 선택했다.

잠시도 쉬지 않게 만드는 것.

끊임없는 접근전.

관중들이 질려할 만큼 끈질긴 섀도였다.

비록 자신의 콤비네이션 펀치와 천적 관계인 레너드의 졸 트(Jolt) 때문에 무차별적인 펀치를 퍼붓지는 못했지만 최강철 은 레너드의 발이 잡힐 때마다 쇼트 콤비네이션을 꺼내 들고 복부를 중점적으로 두들겼다.

물론 그 와중에 여러 번 공격을 당했다.

쇼트 펀치였음에도 복부 공격을 시행할 때는 안면이 비기 때문이었다.

그럼에도 최강철은 난타전을 피하지 않았다.

알고 당하는 공격은 무섭지 않다.

그리고 맞붙어서 싸우는 난타전에서는 충격을 받지 않을 자신이 있었다.

"최강철 선수, 또다시 접근전을 펼칩니다. 레너드의 공격이 만만치 않지만 최강철 선수, 불도저처럼 밀고 있습니다."

"아무래도 체력전을 펼치는 것 같습니다. 최강철 선수는 레 너드의 체력을 줄여 발을 묶어버릴 생각인 것 같아요."

"특유의 불꽃 같은 콤비네이션 펀치가 나오지 않고 있는 건 왜 그럴까요?"

"레너드 선수의 반격 때문입니다. 그렇기 때문에 최강철 선 수는 7라운드부터 지금까지 계속 쇼트 펀치를 중점적으로 쓰 고 있는 겁니다."

"그렇군요. 말씀드리는 순간 최강철 선수, 레너드를 바짝 따라붙었습니다. 번개처럼 터지는 복부 공격, 안면으로 올라갑니다. 레너드도 피하지 않고 맞불을 놓습니다. 저게 위원님께서 말씀하신 졸트(Jolt) 펀치죠?"

"그렇습니다. 레너드 선수의 양 옆구리를 보십시오. 펀치가 옆구리에서 튀어나오는 것 같지 않습니까?"

"저런 상태에서 어떻게 저 정도로 예리한 펀치를 구사할 수 있을까요? 정말 대단한 기술입니다."

"아마 최강철 선수를 꺾기 위해 엄청난 노력을 한 걸 겁니다. 예전의 레너드는 저런 펀치를 거의 쓰지 않았거든요."

"두 선수, 끝없이 움직이며 부딪치고 있습니다! 최강철 선수, 잠시도 레너드를 그냥 놔두지 않습니다. 앗! 최강철 선수의 라이트 훅. 레너드, 맞았습니다! 레너드, 뒤로 물러납니다. 멀찍이 도망가는 레너드. 아… 이때 공이 울렸습니다. 아쉽습니다. 최강철 선수의 공격이 성공되는 순간 9라운드가 끝났습니다. 윤 위원님, 마지막에 최강철 선수가 쓴 공격은 쇼트가 아니었죠?"

"그렇습니다. 거리가 확보된 상태에서 터뜨린 공격이었습니다. 레너드가 대미지를 입었을 겁니다. 워낙 날카로운 공격이었거든요. 공이 울린 게 정말 아쉽습니다."

"이제 종반전에 들어서게 됩니다. 위원님, 지금까지 최강철 선수가 잘 싸워줬는데 경기 어떻게 보십니까?"

"이대로 판정으로 가면 불리합니다. 최강철 선수는 다운까지 당했기 때문에 아무래도 점수에서 뒤질 것 같습니다."

"계속 공격을 했잖습니까?"

"보신 것처럼 계속 공격은 했지만 유효타가 그렇게 많지 않았어요. 레너드의 방어력이 대단해서 대부분의 공격을 흘려버렸거든요. 일반인들에게는 최강철 선수가 잘 싸운 것처럼 보이겠지만 심판들은 냉정하게 지켜보고 있을 겁니다."

"아, 그럼 어쩌면 좋겠습니까. 이제 3라운드밖에 남지 않았는데요?"

윤근모의 말을 들은 이종엽의 목소리가 금방 걱정스럽게 변했다.

정신없이 중계를 하느라 점수에 신경을 쓰지 않았는데 윤근모가 그렇게 말하자 갑자기 불안감이 몰려들었기 때문이다.

그때 윤근모가 기대 어린 목소리로 입을 열었다.

"저는 최강철 선수를 믿습니다. 저는 지금까지 최강철 선수가 사전작업을 했다고 확신합니다. 최강철 선수도 지금 자신이 유리하지 않다는 걸 알고 있을 겁니다. 아직도 3라운드가 남았습니다. 최강철 선수가 이 3라운드 안에서 레너드를 쓰러뜨려 줄 거라 저는 굳게 믿고 있습니다."

최강철은 빗방울처럼 쏟아지는 땀을 닦아내는 윤성호를 향해 의미심장한 시선을 던졌다.

그 시선을 받으며 윤성호가 인상을 찡그렸다.

이런 시선을 받을 때마다 새로운 일이 벌어졌기 때문이다.

"왜?"

"헉헉… 지금 지고 있죠?"

"그걸 말이라고 하냐. 이대로 마지막까지 계속 가면 아마 질 거다."

"마지막까지 안 갑니다."

숨을 조절하던 최강철이 의외의 말을 꺼내자 윤성호의 목소리가 올라갔다.

"무슨 소리야?"

"이번 라운드에 끝내겠습니다."

"무슨 소릴 하는 거냐? 무리하다가는 아까처럼 당할 수도 있어!"

"아뇨. 레너드의 발이 무뎌지기 시작했어요. 하긴, 이 정도로 버틴 것도 대단하죠. 헌즈는 불과 3라운드 만에 발이 묶였는데 무려 9라운드를 버텼으니 과연 레너드입니다."

"내가 보기엔 아직도 괜찮아 보이던데?"

"숨소리와 따라잡히는 스텝만 봐도 압니다. 레너드는 이제 지쳤어요. 여기서 더 압박하면 버티지 못합니다."

"정말이냐?"

"내가 왜 거짓말을 합니까. 성일아, 네 눈에는 그렇게 안 보이디?"

최강철이 묻자 이성일의 눈이 번쩍거렸다.

그는 긴장을 풀지 못하고 있었는데 최강철이 묻자 목소리에서 쇳소리가 묻어났다.

"보였다. 그런데 완전히 맛이 가지는 않았어. 하지만 내가 생각해도 지금이 타이밍인 것 같다. 관장님 말씀대로 판정으로 가면 불리해. 여기서 끝장을 봐야 한다."

"오케이. 관장님도 동의하는 거죠?"

"그래, 씨발. 어차피 안 되면 지는 거 아니겠어. 죽이 되든 밥이 되든 끝장을 보자."

윤성호가 소리를 버럭 질렀다.

이래서 원 팀이다.

모두의 생각과 판단이 동일한 이상 망설일 이유가 없었다.

그랬기에 최강철은 공이 울리는 순간 바람처럼 링의 중앙을 향해 뛰어나갔다.

쉬익, 쐐액!

오른쪽으로 도는 레너드의 품을 향해 뛰어든 최강철이 다시 복부를 두들겼다.

펀치가 나오는 순간 레너드의 양 훅이 얼굴을 향해 날아왔으나 최강철은 펀치를 회수하지 않고 그대로 밀어붙였다.

팡… 팡… 파앙!

따라잡는 속도가 점점 쉬워진다.

그만큼 레너드가 지쳤다는 걸 의미했다.

입이 슬쩍 벌어진 게 보였다.

백전노장답게 적을 향해 지친 모습을 보여주지 않으려고 노력했지만 최강철의 눈에는 그것이 헐떡거리는 것처럼 보였다.

지겨울 것이다.

잠시도 쉬지 않고 끊임없이 접근해 오는 최강철의 대시에 레너드는 백스텝과 사이드스텝을 이용해 계속 빠져나가고 있었지만 시간이 갈수록 입이 더 벌어지고 있었다.

최강철은 펀치를 허용해도 멈추지 않고 끊임없이 접근해서 쇼트를 날렸다.

이제 점점 간격이 좁혀지며 난전으로 빠져들고 있었다.

무서운 속도.

아직도 나는 괜찮다. 하지만 당신은 그렇지 않을 것이야.

쇼트 펀치라고 해서 위력이 없는 게 아니다.

간격을 완벽하게 좁힌 상태에서 빠져나오는 최강철의 쇼트는 무서운 위력이 담겨 있었다.

물론 레너드의 졸트 펀치도 그냥 있지 않았지만 라운드 중반이 넘어가자 서서히 균형이 최강철 쪽으로 넘어오기 시작했다.

무차별적인 난사.

공포의 허리케인 콤비네이션 펀치와 강도는 다르지만 바짝 붙은 상태에서 날아가는 최강철의 쇼트 펀치들이 레너드의 전신을 두들겼다.

레너드는 계속해서 링을 돌고 있었으나 점점 움직임이 둔해져 갔다.

그동안 계속해서 공략당한 복부가 다리를 무겁게 만들었기 때문이다.

그럼에도 그는 이를 악물고 자신의 품까지 근접해 온 최강철은 향해 무시무시한 연타를 퍼부었다.

정말 눈으로 보고도 믿지 못할 만큼 마술과 같은 거리 확보다.

품까지 파고들었음에도 레너드는 스텝을 한 발 비껴내는 것만으로 거리를 확보하며 자신의 졸트 펀치를 터뜨렸다.

관중석에서는 이미 비명 소리가 흐르고 있었다.

마치 끝장을 보겠다는 듯 무섭게 파고드는 최강철과 이에 맞서 끊임없이 움직이며 터뜨리는 레너드의 졸트 펀치가 링의 전반에서 번개가 내리꽂듯 격돌했기 때문이다.

화려하고 빨랐으며 치명적이었다.

두 사람의 움직임은 경기 종반인 10라운드였음에도 조금도 무뎌지지 않은 채 상대를 향해 칼날 같은 주먹을 퍼붓고 있었다.

하지만 그 균형은 라운드 종반으로 치닫자 최강철의 압도적인 우위로 나타나기 시작했다.

펀치를 내는 숫자에서 차이가 났다.

최강철은 라운드가 시작된 순간부터 잠시도 쉬지 않고 파고들며 펀치를 터뜨리고 있었지만 레너드는 종반으로 갈수록 펀치가 나오는 숫자가 줄어들었다.

그것이 경기를 일방적으로 흐르게 만들었다.

최강철은 슬그머니 이를 악물었다.

기어코 레너드의 발이 잡혔기 때문이다.

여기서 조금만 더 밀면 결국 견디지 못하고 코너까지 밀어버릴 수 있을 것 같았다.

코너로 밀 수만 있다면 이 경기는 끝난다.

레너드의 입이 이젠 눈에 보일 정도로 크게 벌어져 있었다.

거칠게 터지는 숨소리.

"헉, 헉……."

가슴팍에 붙어 펀치를 갈기고 있었음에도 그의 숨소리가 천둥처럼 들려왔다.

하지만 레너드는 결정적인 순간마다 코너나 로프에서 벗어나며 반격을 가해왔다.

정말 대단한 체력이다.

이 정도의 압박에서도 견딜 수 있다는 것은 이 경기를 이기기 위해 그가 얼마나 혹독한 체력 훈련을 했는지 알 수 있는 증거였다.

최강철은 레너드의 눈을 노려보며 압박을 멈추지 않았다.

쉴 새 없이 때리고 맞았다.

그럼에도 상대를 쓰러뜨리지 못한 것은 그만큼 서로의 방어 능력이 뛰어났기 때문이다.

더불어 근접전에서 펼치는 펀치들이었기 때문에 강도가 줄어든 것이 원인이었다.

만약 거리가 확보된 상태에서 이런 펀치들을 주고받았다면 둘 중 하나는 벌써 캔버스에 뒹굴었을 것이다.

최강철이 결국 코너에 레너드를 몰아넣은 것은 경기를 30초 남겨두었을 때였다.

쇼트 훅에 안면이 걸린 레너드가 충격을 받고 뒤로 물러서는 걸 최강철이 그대로 몸통으로 박아 코너로 몰아넣었다.

코너로 레너드가 박히자 최강철의 쇼트 콤비네이션이 휘몰아쳤다.

복부에서 시작해서 안면으로 올라갔다가 다시 복부로 내려왔는데 그 짧은 순간 50여 발이 순식간에 날아갔다.

레너드는 안면을 완벽하게 가딩하며 막기 위해 필사적으로 노력했지만 최강철의 펀치를 막기에는 가딩만으로는 부족했다.

더킹과 위빙, 스웨잉 같은 기술들은 코너에 박혀, 폭풍처럼 몰아치는 펀치를 방어하기에는 불가능에 가깝다.

레너드는 완벽한 가딩 상태에서도 반격을 하기 위해 노력했지만 그때마다 최강철의 펀치에 난타를 당했다.

그가 견딜 수 있었던 것은 완벽에 가까운 방어 기술로 피니시 블로를 피했다는 것과 천부적인 반사 신경으로 정타를 허용하지 않았기 때문이다.

그럼에도 무수한 펀치를 허용한 레너드는 공이 울리자 휘청거리며 겨우 자신의 코너로 돌아갔다.

완벽하게 체력이 방전된 모습이었다.

윤성호는 최강철이 코너로 돌아오자 무림 고수처럼 로프를 타고 넘어오며 의자를 꺼냈다.

그는 레너드가 휘청거리며 자신의 코너로 돌아가자 이미 경기가 끝난 것처럼 잔뜩 얼굴이 붉어져 있었다.

"강철아, 잘했다. 우리 작전이 통했다."

"헉… 헉, 당연히 그래야죠."

"저 자식, 완전히 체력이 고갈된 것 같다. 조금만 더 밀면 끝낼 수 있을 것 같다."

"그래도 대단하네요. 코너에 박혀서도 절대 그냥 맞지 않잖아요. 저도 정신이 얼얼할 정도로 맞았습니다."

"인마, 저놈은 더 맞았어!"

"성일아, 물 좀 줘라."

윤성호가 어깨를 주무르며 상기된 얼굴로 이성일이 들고 있던 물병을 찾았다.

그러자 이성일이 급히 그의 입에 물병을 틀어박으며 총알같이 떠들었다.

"강철아, 레너드의 상태를 보니까 마지막 전략을 쓸 때가 온 것 같다. 어때?"

"응, 맞아."

"그냥 못 끝냈기 때문에 다시 살아날 수 있어. 마무리 잘해야 돼!"

"알았다."

최강철은 공이 울리자 다시 앞으로 튀어나갔다.

10라운드에서 끝내기 위해 노력했으나 레너드의 정신은 그것을 허용하지 않았다.

이것이 천재의 위용이란 말인가.

조금씩 비껴내는 방어 기술을 보면서 그가 왜 천재이자 전설인가를 확인할 수 있었다.

헌즈가 그를 이기지 못한 이유는 이것만으로도 충분히 증명이 되었다.

아무리 강력한 펀치를 가지고 있어도 이런 정도의 방어 능력을 가진 레너드를 쓰러뜨리기엔 헌즈의 세기가 부족하다.

쉬고 돌아온 레너드의 입술은 굳게 닫혀 있었다.

그 짧은 시간에 어느 정도 회복된 모습이었다.

그럼에도 안 된다.

한 번 소진된 체력은 잠시의 휴식으로 완벽하게 회복될 수 없기 때문이다.

최강철은 결코 여기서 그만둘 생각이 없었다.

불끈 다가선 그의 펀치가 화살처럼 뻗어나가 레너드의 전신에 다시 작렬하기 시작했다.

그에 맞서 날아온 졸트 펀치들이 자신의 안면과 복부에 꽂혔으나 최강철은 펀치를 멈추지 않았다.

레너드도 그랬지만 자신 역시 그에 못지않은 방어 기술을 가지고 있었다.

조금씩 펀치를 비껴 맞으며 끝없이 전진을 거듭했다.

체력이 떨어진 상대에게 시간을 준다는 건 바보 같은 짓이다.

이윽고 라운드 중반까지 진행되자 레너드의 입이 10라운드 종반보다 더 벌어졌다.

완벽하게 체력이 고갈된 모습이었다.

그때부터 최강철은 자신의 거리를 확보하고 레프트 잽을 터뜨리기 시작했다.

이젠 더 이상 모험을 걸 이유가 없었다.

그리고 지금 이 순간부터 레너드에게는 지옥문이 열린다.

파앙… 팡… 팡!

스트레이트에 버금가는 레프트 잽이 레너드의 안면을 연신 훑어냈다.

그런 후 균형이 무너진 레너드의 전신을 향해 최강철의 원투 스트레이트와 양 훅이 번개처럼 파고들었다.

레너드의 반격을 완벽하게 차단한 후 확보된 거리에서 던진 펀치들이었다.

반격을 위해서는 체력이 뒤따라 줘야 하지만 레너드에게는 이미 그런 체력이 남아 있지 않았다.

그는 오히려 최강철이 접근해 와주기를 바라고 있었다.

그래야만 마지막 반격을 통해 상황을 뒤집을 수 있기 때문이었다.

하지만 최강철은 더 이상 접근하지 않은 채 창처럼 날카로운 레프트 잽으로 선제공격을 가한 후 빈 곳을 골라 펀치를 날렸다.

펀치의 강도가 달라졌다.

거리가 확보된 상태에서 던지는 펀치는 해머로 때리는 것처럼 묵직한 위력을 가진 채 레너드의 복부와 안면을 연신 흔들어놨다.

비틀거리며 레너드가 물러서는 걸 보면서도 최강철은 접근전을 펼치지 않고 완벽하게 거리를 확보한 채 잠시도 펀치를 쉬지 않았다.

일방적인 경기.

비틀비틀.

라이트 스트레이트를 맞고 뒤로 물러서는 레너드의 신형이 휘청거렸다.

최강철의 입꼬리가 올라갔다.

그런 후 앞으로 파고들며 그동안 보여주지 않았던 콤비네이션 펀치를 꺼내 들었다.

졸트 펀치로 반격을 해올 테지만 전혀 두렵지 않았다.

다운을 당한 것은 기습을 받았기 때문이고 그때는 레너드의 체력이 생생하게 살아 있었다.

콰앙, 쾅… 쾅… 바바바방!

어디서 이런 체력이 나오는 것일까.

레너드를 향해 최강철의 펀치가 무차별적으로 쏟아졌다.

완벽하게 가딩을 한 채 로프에 밀린 레너드는 이제 반격할 생각조차 못 하고 있었다.

그도 알 것이다.

이런 가딩으로는 최강철의 공격을 결코 막아내지 못한다는 것을.

그럼에도 어떤 선택도 할 수 없었다.

뇌전처럼 쏟아지는 최강철의 펀치가 점점 레너드의 가딩을 끌어내렸다.

온갖 방어 기술을 동원하며 막았지만 최강철은 빈 곳을 골라가며 때렸기 때문에 그의 가딩은 시간이 갈수록 흔들렸다.

최강철이 슬그머니 이를 악물고 눈동자가 풀린 레너드의 옆구리를 통타한 후, 곧바로 돌고래가 솟구치는 것처럼 옆구리를 막기 위해 내려온 가드를 뚫고 어퍼컷을 올려 쳤다.

털컥!

레너드의 고개가 치켜지는 순간.

번개 같은 양 훅이 그의 안면을 박살 냈다.

그야말로 눈 깜짝할 사이에 터진 펀치들이었다.

최강철은 펀치가 그의 안면에 작렬한 순간 더 이상 공격을 하지 않고 뒤로 물러나 허물어지듯 쓰러지는 레너드의 모습을 바라보았다.

전설의 침몰.

쓰러지는 그의 모습을 보며 가슴이 짠하게 울려왔다.

정말 대단했다, 레너드.

당신과 같은 복서를 상대할 수 있어서 정말 영광이었다.

"최강철 선수, 다시 시작되었습니다! 접근전이 아닙니다. 우리가 알고 있던 바로 그 공포의 허리케인 콤비네이션입니다. 레너드, 로프에 몰려 바짝 몸을 웅크린 채 방어합니다. 하지만 견디기 어려울 것 같습니다! 이미 주먹이 나오지 않고 있습니다. 최강철, 정말 무시무시한 인파이팅입니다! 라이트 훅, 복부에 정확하게 들어갔습니다. 악! 어퍼컷, 번개 같은 양 훅! 레너드, 쓰러졌습니다! 일어나지 못합니다. 대한민국 만세! 레너드가 침몰했습니다. 레프리, 카운트를 세지 않습니다. 이겼습니다! 고국에 계신 국민 여러분, 우리의 자랑, 대한민국의 영웅, 최강철 선수가 레너드를 KO로 이겼습니다! 들리십니까. 지금 MGM호텔 특설 링은 새로운 전설을 연호하는 함성으로 뜨거워져 있습니다! 최강철 선수, 감사합니다. 불의의 일격으로 다운까지 당했음에도 불리함을 극복하고 다시 불꽃 같은 투지로 승리를 한 우리의 영웅. 최강철 선수, 자랑스럽습니다! 당신이 있기에 우리는 행복합니다. 잘했습니다! 최강철 선수, 정말 잘했습니다!"

"최강철 선수, 두 팔을 번쩍 들어 승리를 확인합니다..정말 감격스러운 장면입니다. 이런 선수가 우리나라에 있다는 게 얼마나 자랑스러운지 모르겠습니다."

이종엽과 윤근모가 번갈아 가며 소리를 질렀다.

그들은 경기 내내 자리에서 일어나 있었는데 소리를 지르는 그들의 눈엔 눈물이 그렁그렁 담겨 있었다.

얼마나 긴장했는지 모른다.

다운을 당했을 때는 죽고 싶을 정도로 괴로웠고 다시 공격을 시작할 때는 돌아가신 아버지가 다시 살아오신 것처럼 기뻤다.

"와아, 와아!"

관중들의 환호가 마치 천둥처럼 울려 퍼져 경기장이 온통 함성으로 뒤덮였다.

그 모습을 보면서 이종엽이 다시 입을 열었다.

"레너드 선수, 다행스럽게 의식을 차리고 일어납니다. 레너드, 최강철 선수에게 다가갑니다. 아직도 다리가 풀려 있군요. 인사를 하고 있습니다. 최강철 선수의 승리를 축하해 주고 있는 것 같습니다. 훌륭합니다. 저런 심성이 있었기에 레너드 선수가 사람들의 사랑을 받았던 겁니다. 윤 위원님, 우리 최강철 선수가 레너드를 안아주고 있습니다. 정말 따뜻한 모습입니다."

"매너 하면 최강철 선수도 복서 중에서는 최고로 꼽히죠.

명승부를 연출한 두 선수 모두 정말 훌륭합니다."

"저는 이런 선수들과 같은 시대를 살았다는 것만으로도 행복합니다. 두 선수에게 경의를 보내고 싶습니다."

이종엽이 눈에 고여 있던 눈물을 훔쳐내며 웃음을 보였다.

이런 순간.

자신의 삶에 또다시 찾아올 수 있을까.

영원히 잊지 못할 이 순간이 앞으로도 계속되기를 간절히 기원하며 그는 옆에 서 있는 윤근모의 손을 굳게 잡았다.

『기적의 환생』 11권에 계속…